CB061899

SANTO DIA

Lilian Fontes

SANTO DIA

Editora Record
RIO DE JANEIRO • SÃO PAULO
2002

Cip-Brasil. Catalogação-na-fonte
Sindicato Nacional dos Editores de Livros, RJ.

F766s   Fontes, Lilian
        Santo dia / Lilian Fontes. – Rio de Janeiro :
    Record, 2002.

       ISBN 85-01-06319-3

       1. Romance brasileiro. I. Título.

02-0524   CDD 869. 93
                           CDU 869. 0(81)-3

Copyright © 2002 by Lilian Fontes

Projeto gráfico: Regina Ferraz

Todos os direitos reservados.
Proibida a reprodução, armazenamento ou transmissão de partes deste livro, através de quaisquer meios, sem prévia autorização por escrito.

Direitos exclusivos desta edição reservados pela
DISTRIBUIDORA RECORD DE SERVIÇOS DE IMPRENSA S.A.
Rua Argentina 171 – Rio de Janeiro, RJ – 20921-380 – Tel. : 2585-2000

Impresso no Brasil

ISBN 85-01-06319-3

PEDIDOS PELO REEMBOLSO POSTAL
Caixa Postal 23. 052
Rio de Janeiro, RJ – 20922-970

EDITORA AFILIADA

O homem é um ser futuro.
Um dia seremos visíveis.
MURILO MENDES

Para Delfim,
queridíssimo pai.

PARTE I

I

Em cima da geladeira tinha um quadro. Um homem de cor fumando um cachimbo. É pai-de-santo. No Brasil, homem preto que fuma cachimbo é pai-de-santo. Um quadro pendurado sobre a geladeira. Nunca vi. Em casa nenhuma. Na dele tinha esse quadro. Na dele tinha quadro em todo lugar. Toda parede. A parede toda. Em todos os lugares, em todas as paredes. No banheiro, em cima da pia, em cima da descarga da privada. Não. Aí não. Aí tinha uma foto. Eu não vou dizer qual foto ele tinha sobre a privada. Eu nunca poderia entender alguém tirar aquela foto. Olhando assim, olhando as paredes, olhando esta foto eu diria: ele poderia ter feito.

Ele poderia ter feito, poderia sim. E eu sabia disso. São tantas coisas que a gente sabe mas que não quer saber. Ele tinha manias, desde pequeno ele tinha certas manias. Com três anos só dormia com suas luvas de boxe nas mãos. Com três anos ele queria dormir com a luva de boxe para bater em quem viesse a aparecer no meio da noite. Foi a sua mãe quem me disse. Me disse sentada no sofá da casa em que eles moravam quando ainda morava com ele. Ela estava sentada no sofá abraçando a almofada estampada, as flores sendo amassadas pelos seus dedos que falavam nervosos sobre aquele menino. Ele tinha só três anos quando ganhou as luvas de boxe. Foi o pai. Ela disse que foi o pai, o pai que eu não conheci.

Não tem nenhuma foto do pai. Nas paredes desta casa tem pouca parede em branco. Ele não quer ver parede, põe quadros, fotos em todo canto. Tem fotografia de revista colada direto na parede. A foto do pai vivia sobre o móvel da sala, eu conheço bem a cara dele. Mas aqui não tem nenhuma foto do seu pai. Me dá vontade de mexer nas suas coisas. Abrir as gavetas, os armários, até achar uma foto de alguém. Ele tinha de ter a foto de sua mãe, dele criança com ela naquela casa que eu passei a freqüentar quando ele tinha seis anos.

Quando eu chegava, ele nunca estava à sala, ele nunca vinha na sala a não ser quando sua mãe chamava. Mesmo assim ele não vinha. Ela chamava novamente. Engrossa a voz, tom alto, até ele aparecer, encostar-se no alizar da porta e me olhar. Parece que eu estou vendo: ele parado me olhando, querendo me dizer que não gostava de me ver ali, que ali não era meu lugar, que ele não queria ninguém ali a não ser ele e sua mãe.

Eu quero entender o Joca, esta casa, essas paredes cheias de colagens, essa foto sobre sua privada. Coragem. Qualquer um vendo esta foto dirá. Terão razão de dizer, acusá-lo. Eu não posso dizer isso, eu não digo.

2

Chegando à cozinha eu vi o cara. Não tinha percebido que tinha alguém no apartamento. Quando eu entrei, coloquei minha mochila no sofá, fui à janela estranhando: ela estava aberta. Que merda é esta, pensei. Já neste momento ele deve ter me escutado, escutado os meus ruídos. Mesmo assim ele ficou quieto até eu descobri-lo na cozinha. Ele nem sequer se assustou. Você é amigo do Joca? E você quem é? Revidei sem entender o que o cara estava fazendo aqui se só eu tenho a chave do apartamento. Eu sou amigo do Joca, ele disse, mas não acreditei. Joca eu conheço, conheço bem. Ele não tem este tipo de amigo, ele não quer este tipo de amigo. E como é que este cara está aqui? O Joca disse que ninguém poderia vir aqui sem ordem judicial. Meu nome é Luiz, ele disse interrompendo o meu pensamento. Pouco me importa o seu nome, ô porra, eu quero saber o que faz aqui, no apartamento do Joca.

3

Ele tinha o cabelo cortado. Não era alto. Deve ter a mesma idade de Joca. E se ele entrou no apartamento, se ele tem a chave do apartamento, ele tem de ter estado com o Joca. E eu disse a ele que eu me chamava Luiz. É possível que o Joca tenha falado de mim. Que eu era o Luiz da mãe dele. Ele tem de ter ouvido Joca falar de sua mãe. Joca tem de ter falado de nós, de mim, da mãe dele.

4

Luiz. Quem é esse cara? Joca nunca falou desse cara. A cara dele eu já vi. Não sei de onde. Porra, eu sei que eu já vi esse cara. De onde eu conheço esse cara? Não fui apresentado, não me lembro de ter sido apresentado a esse cara. Nunca fui. Mas a cara dele eu conheço. Pode ser um detetive, um filho da puta de um detetive atrás do Joca. Essa turma pensa que vai foder com o Joca. Esses caras não sabem de nada. Eles pensam que vão conseguir saber. O que esses caras precisam aprender é que eles não vão conseguir saber da vida do Joca. Joca não é de se mostrar. Quando a gente começou a trabalhar, eu percebi que ele era um cara diferente. Meu chefe me chamou na sala dele. Joca sentado na cadeira. Eu o vi de costas pela primeira vez, levei um susto com aquela careca. Entre, disse meu chefe, quero que conheça o Joca, nosso novo *computer man*. De pé, aperto sua mão e me sento. Sem olhar para a cara dele, mas pensando na cara que eu tinha visto: cabeça toda raspada. Quero que você lhe mostre a sala, apresente o pessoal, mostre o seu computador. Nossa equipe é pequena, disse Oscar se dirigindo ao Joca. Nos dias de hoje, equipes se transformam em equipamentos, disse num tom irônico. Temos um ótimo maquinário. Computadores potentíssimos, scanners, acesso rápido à internet. Meus profissionais não têm desculpas, têm de apresentar resultados excepcionais. Joca ouvindo, ele continuou. Estamos na era da velocidade, da conectividade. Eu já conhecia esta conversa. Através destes dispositivos eletrônicos é que gira o comportamento da economia. E eu preciso de funcionários ágeis, a competição está baseada no tempo. Não podemos perder um dia senão o mundo nos deixa para trás. Joca ouvindo. Uma cara quieto, muito quieto. Desde este dia eu percebi que tipo de cara é o Joca.

 Luiz. Quem é este Luiz? O que este cara veio fazer no apartamento de Joca? Parado na cozinha. Ele deve ter chegado há pouco tempo. Detetive. Deve ser mesmo um detetive. Mas não vi nada remexido. Parece que ele veio direto para a cozinha.

5

Entrou com muita intimidade no apartamento. Tem de ser amigo do Joca. Joca nunca teve amigos, desde pequeno ele não tinha amigos. Parece que estou escutando a mãe falar: me preocupo, é um menino muito sozinho, se fecha no quarto e fica. Eu não entendo.

Joca tem de ter falado para esse cara que a mãe dele ficou viúva quando ele tinha seis anos. Pela cara dele, olhando para mim, não sei se ele sabe. Sabe que logo depois ela me reencontrou, logo depois ela quis ficar comigo, quis que eu fosse o seu homem. Eu sempre fui. Ela diz que não acredita. Eu sempre fui. Esse cara me encarando aqui nesta cozinha querendo saber quem eu sou, ouvindo eu dizer que eu sou o Luiz, não vai entender o que eu quero dizer quando eu digo que eu sempre fui o homem de Riza. Desde que a vi, eu senti. Dizem que homem não sente essas coisas. Dizem que isso é coisa que só mulher sente. Eu não sei se eu tenho dessas coisas, mas eu digo que no momento que eu vi Riza, dez dias depois de tê-la conhecido, na faculdade, eu sabia que eu ia ser o seu homem. Foram anos de faculdade eu vendo Riza. Sabia que existia um namorado, um maldito namorado. Mas ela com aquele jeito, eu querendo cada vez mais. Ela com casamento marcado, eu indo para São Francisco. Tudo errado, a gente sabia que estava tudo errado. E foi na véspera da viagem, eu dei carona, ela sentou no carro, a gente foi no meu carro, entramos num motel. E no avião para São Francisco eu só pensava em Riza, no seu sorriso, penetrado. Esse cara não vai saber nunca dessa história, desse detalhe nem Joca sabe, ninguém. Eu não sei se ele sabe por que o pai fez aquilo. Mas de uma coisa eu sei. Coisas que a gente pensa que não sabe. Eu sempre soube que a vida do Joca seria assim. Eu sempre soube mas eu não queria saber. Mas não é porque ele tem essa fotografia em cima da privada. Tem gente que vai dizer, olhando para esta foto, vai dizer que um cara que pendura esta foto sobre a privada do seu banheiro é capaz. Eu conheci o Joca menino, desde pequeno ele tinha manias. Quis fazer coleção de canivetes. Eu achava que um menino de oito anos não devia ficar ligado em canivete. Mas ele gostava, e eu sempre na sua casa, eu ficando com a mãe dele, ele tentando me ignorar, e eu ficando, cada vez mais ele via que eu estava com Riza. Mas eu não ia ocupar o lugar do pai. Eu nunca quis ser pai, Joca não sabe disso mas Riza sempre soube que eu não queria saber de filho. Desde a faculdade eu já dizia: quero ser cientista, viver para pesquisa, escrever livros. E eu me vi no balcão da loja: eu quero aquele canivete da vitrine, eu dizendo para a moça. Me vê o do lado também, aquele prateado, qual é a diferença? A moça pegando um exemplar, mostrando a chave maior, a chave menor, a tesoura embutida, o outro não tinha a tesoura. Eu quero os dois, eu disse, e saí da loja feliz de estar levando um presente para o Joca, o presente que eu sabia que ele ia gostar. E à noite, eu dei a ele. Ele abriu o embrulho, tentou não transparecer nada, mas a sua cara dizia, a sua cara não se conteve ao ver os belíssimos canivetes que eu tinha arrumado. Não disse nada, eu sabia que ele não diria nada. Joca nunca foi de falar.

    Pode ser que a coleção de canivetes ainda exista. Pode ser que em algum canto deste apartamento ele tenha guardado esta coleção de canivetes. Se eu tivesse tido mais tempo, eu teria aberto os armários, as gavetas para procurar. Mas esse sujeito chegou logo depois de mim. Eu não sei quem ele é, qual a ligação de Joca com esse sujeito. Não sei se ele sabe que Joca colecionou canivetes, não sei se ele vem sempre no apartamento do Joca, se ele já viu os canivetes do Joca. Não sei como tocar nesse assunto mas não é bom esses canivetes estarem guardados neste apartamento. Em algum momento os homens vão entrar aqui, chegará a hora em que o advogado vai ter de deixar a polícia entrar e revirar o apartamento do Joca. Eu tenho de arrumar um jeito de tirar essas coisas aqui de dentro, os canivetes, a foto sobre a privada. O pai-de-santo em cima da geladeira também. Não sei por que ele pendurou um pai-de-santo na cozinha. Não sabia que ele gostava destas coisas. Joca nunca quis saber de nada dessas coisas. Xingava Deus, reclamava da mãe quando ela dizia acreditar em outras forças, força vinda do além, dos céus, dos astros. E eu escutava Joca chamar a mãe de imbecil por acreditar nestas coisas, eu ouvindo, não gostando da maneira de ele se dirigir à mãe. Mas eu não podia dizer nada, ele não era meu filho. Riza deixava ele falar assim com ela. Por isso eu não entendo este quadro de um pai-de-santo na cozinha. Eu tenho de tirar esse quadro de dentro deste apartamento Mas e esse sujeito? Eu não sei o que ele veio fazer aqui. Eu primeiro tenho de saber o que ele veio fazer aqui.

6

O que o Joca pediu, foi para eu vir aqui e pegar aquelas coisas. Ele diz que ninguém pode achar, que eu tenho de tirar essas coisas do apartamento. Todo mundo está procurando um motivo, um motivo para sacanear o Joca. E vão acabar arrumando. A justiça é o tipo da coisa sem coerência. Motivo vão arrumar, vão olhar aquele couro amarrado no pulso e vão perguntar: por que este couro amarrado no pulso? Porra, qual o problema de usar um couro amarrado no pulso? Neguinho é foda. Querem se meter em tudo. Qual o problema se Joca gosta de usar aquele couro no pulso? Querem um motivo, sempre querem um motivo. Eu, quando vi que ele usava aquele couro no pulso, olhei e vi, e não pensei em nada. A pulseira de couro no braço esquerdo. A cabeça raspada. Não é sempre que você cruza com um cara desses. Um cara desses não tem um amigo como esse Luiz que diz ser amigo do Joca. Não dá para acreditar.

7

Se eu soubesse que este sujeito viria aqui, eu não teria vindo nesta hora. Muitas coisas a gente não sabe mas deveria saber. Confuso pensar. E me vejo assim, situação difícil, Joca sendo acusado e eu tendo de vir aqui, só o advogado sabe que eu vim aqui. Eu não esperava encontrar com este sujeito que me olha desconfiado, me tratando como se eu fosse um detetive. Eu já disse que eu sou amigo do Joca, mas parece que não acredita. E quando eu digo o meu nome, eu sou o Luiz, ele faz como se não soubesse quem eu sou. Me desprezando como o Joca, como se eu não existisse. Nem eu, nem Riza.

Joca quis sumir de nossa vida. Maluco. Foi Riza quem disse. Nenhuma mãe pode admitir que seu filho, o único filho, não quisesse mais vê-la, saber dela. Nenhuma mãe imagina que isto possa acontecer. Mãe não pensa que filho um dia vai saber viver sem ela. Mas ele soube, chegou e disse. Eu no meu canto, vendo do canto. Eu sempre estive no canto. Não tinha como. Eu não podia dizer nada, não sendo seu pai, qualquer coisa que eu dissesse, Joca vinha dizer: você não tem nada de se meter na nossa vida, me deixa, sai daqui! Ouvi isso, uma, duas, trezentas vezes. Até o dia de ele sair de casa aos 21 anos. Mas não foi quando ele disse o que a mãe não pensava em ouvir. Não quando saiu de casa. Foi depois, foi bem depois que ele resolveu dizer isso a Riza, dizer o que Riza ouviu. Certas coisas a gente sabe sem querer. Eu sabia que Joca iria um dia fazer isso com Riza, entrar na casa da mãe e dizer tantas coisas. Coisas difíceis, coisas que mãe nenhuma gostaria de ouvir. Riza agora não quer saber, não quis vir. Deixei ela lá e vim. Eu tinha de vir conversar com o advogado, saber de tudo, saber como eu posso ajudar o Joca. Vai lá no apartamento dele, ele disse, toma as chaves. Você é da família, você tem o direito de entrar lá antes que a polícia tenha o mandado para entrar e remexer em tudo. Você é da família, ele falou, e eu pensei: eu sou da família.

8

Só poderia ser Eterna, pensei ao ouvir o barulho das chaves na porta dos fundos.

— Ai, que diabo de sacola pesada! Minhas costas não agüentam! Ué, o que está acontecendo aqui?

— Oi, Eterna — eu disse. Natural ela estranhar me ver parado na cozinha com esse cara de cabelos grisalhos.

— Aconteceu alguma coisa? Cadê o meu Joca?

Dizer o quê? Eterna não vai ficar quieta quando souber o que os filhos da puta estão fazendo com o Joca. Ela quer saber mas eu não tenho de dizer. Dizer pra quê? Ela não tem parâmetros, vai querer saber onde está o Joca, vai querer levar o pão de gergelim que ele gosta.

"O que tem aqui hoje?", perguntou, "quem é você", ela disse olhando para o Luiz. O fato de ela não saber quem é esse cara, me diz, Luiz não é nada do Joca, mente ao dizer: eu sou amigo do Joca. E essa cara que ele faz ao ouvir Eterna perguntar, ele tem de responder. "Eu sou o Luiz, marido da Riza", ele disse. Eterna, franzindo a sobrancelha, pergunta o que eu perguntaria. "E quem é Riza?"

9

Joca. Disse que não queria mais ver a mãe, não precisava. Somos muito diferentes, ele disse. E querer que Riza compreendesse. O que você quer? Você não quer mais me ver? Nunca mais? Quer esquecer que você tem uma mãe? Você é maluco, maluco! Você é meu filho, entendeu, meu filho! Riza perdendo o controle, eu sou o Joca, ele disse. Não senhor, você é meu filho, antes de ser Joca você é meu filho, entendeu? Riza falando alto: eu não te entendo, aliás, eu nunca te entendi, só Deus sabe o quanto eu me esforcei para te entender. Você sempre foi muito estranho, Joca. Eu juro, fiz todo o meu esforço para te entender. Sofri. Como eu sofri te vendo trancado sempre no quarto, quieto, passando dias inteiros sem dirigir uma palavra, nem a mim, nem ao Luiz, nem aos empregados da casa. Me culpei e ainda me culpo. Eu sabia que você não poderia agüentar. Eu ouvindo Riza falar. A cena pesando. Eu vendo esta cena, Riza já aos prantos, Joca dizendo, dizendo muitas coisas que Riza não deveria ouvir. Eu sabia que ele diria tudo isso a Riza, diria desse jeito. Mas são tantas coisas que a gente sabe mas não quer saber, e Riza chorando. E depois que Joca disse aquela frase, fazendo Riza escutar a frase "é melhor separar enquanto estamos vivos", Riza perdeu a cabeça: então vá embora! Suma da minha frente! Vai logo! Empurrando Joca em direção à porta, Joca dizendo calma mãe, eu vendo a raiva tomar a boca de Riza, vai embora, louco! vai embora!, Riza apertando o braço de Joca até a porta, abrindo, jogando o filho para fora de casa, fechando a porta e encostando as costas, impedindo que Joca tentasse abri-la e o choro vindo de imediato, um choro rouco, doído, eu vendo ela escorregando pela porta, até ficar caída no chão, sem eu poder fazer nada. Nada.

E esses dois na minha frente não sabem quem é Riza. A mulher entra, estranha ao ver nós dois na cozinha da casa de Joca, pergunta pelo Joca e não sabe quem é Riza. Os dois olhando para mim com esta cara ao ouvirem eu dizer: eu sou marido da Riza.

10

Merda! Alguma coisa eu tenho de dizer para Eterna. Não posso inventar. Não faz sentido dizer que ele sofreu um acidente, está no hospital, se eu não vou ter como levá-la para um hospital. Foda-se, eu tenho de dizer que ele está preso. Não tem outro jeito, eu vou ter de dizer isso mesmo. "Preso? O meu lindinho? O que fizeram com o meu Joca? Eu odeio polícia. Por que prenderam o Joca? Meu pai-de-santo, tá na hora de você agir. Olha que fui eu quem botou esse quadro do pai-de-santo aí, eu sei que Joca precisa de proteção. Tem carga em cima dele, olho-grande, dos maiores. Ele não liga pra essas coisas, mas eu sei que isso existe. Meu padinho, pai-de-santo, temos de ajudar o meu lindinho, quem sou eu sem aquele homem. Ave-Maria, eu vou ficar louca se alguma coisa acontecer com o meu lindinho." Calma, Eterna, as coisas não são assim, não entre em desespero.

11

Ouvindo esta mulher, discurso estranho, dizendo coisas sobre o Joca. Eu tenho de falar, eles têm de entender que eu quero ajudar o Joca. Eu sou o marido de Riza, a mãe, ela é a mãe de Joca. Ela vive comigo em São Francisco.

— Riza? Eu nunca ouvi ele falar de Riza.

— Eu também não, meu lindinho nunca me falou de nenhuma mãe, eu é que contei que minha mãe nunca soube quem foi meu pai, que eu cresci sozinha, minha mãe tendo muitos filhos por aí, pedindo esmola, me botando no sinal para pedir esmola. A sorte foi que minha mãe morreu, foi bom ela ter morrido, sabe, a vizinha quis ficar comigo. Dona Verinha, santa Verinha, me adotou, virou minha vida. Mãe mesmo foi dona Verinha, e quando conto minha história para o Joca, ele fica ouvindo, diz que mãe não faz falta, ele não gosta de falar de mãe, nem de mãe, nem de pai. Eu não pergunto, eu não pergunto mais nada dessas coisas para o Joca. Pra que perguntar? Ele não responde, fala outras coisas, conversa comigo, lê o jornal. Ô homem bom, não é, Mário?

— Seu nome é Mário?

— É.

— Você é amigo do Joca?

— Sou.

— Como você conseguiu entrar no apartamento?

— Ora, cara, eu tenho a chave. E você? Como entrou?

— O advogado do Joca me deu as chaves. Ele pediu que eu viesse, disse, eu tinha este direito, eu sou da família.

— Família? Joca não tem família, ô cara, ninguém.

— Todo mundo tem família.

— Não sou idiota, eu sei que ele teve família, mas a família para ele hoje em dia não vale nada.

— Olha aqui, senhor... Luiz, seu Luiz é o seu nome, né? Eu posso dizer, eu vivo nesta casa, eu conheço o meu lindinho e eu nunca vi ninguém, nem nunca recebi telefonema, nem de mãe, nem de pai, nem de irmão do Joca, nem de avô, nem avó. Disso eu sei, meu lindinho não tem ninguém, só eu, eu e o Mário...

— Bem, vocês não sabem, mas realmente a família do Joca é pequena, Riza a mãe, quase não tem parentes. E o pai... vocês não devem saber o que aconteceu ao pai do Joca.

— Não, nós não sabemos e nem queremos saber. Saber, pra quê? Se o Joca não nos contou, nós não precisamos saber.

— É, o Joca não liga para essa coisa de família, e ele está certo, sabe, seu Luiz? Ele entende quando eu digo "foi bom para mim minha mãe ter morrido". Se ela fosse viva, eu teria me perdido na vida, teria sim, ficado ali pedindo esmola no sinal, até roubar, ou cair na vida, como fez minha mãe. Mas o destino me deu um presente, cair nas mãos de dona Verinha. Não é, meu pai-de-santo? E depois surgiu o Joca na minha vida. Eu tive essa sorte. O Joca me protege, ele me dá tudo. Ô Mário, o que a gente vai fazer? Eu quero o meu lindinho de volta para esta casa.

— Eu também quero, Eterna. Vocês não me conhecem, mas eu quero livrar o Joca desta acusação. Eu vim de São Francisco para ajudar. Esqueçam qual o meu parentesco com o Joca, o importante neste momento é nos empenharmos em como ajudar o Joca. Ele está detido, está sendo acusado. Precisamos tomar providências rápido. E eu dependo de vocês. Há muito tempo estou afastado do Joca. Infelizmente não sei nada sobre ele, perdemos o contato, ele não quis ter contato. Ainda tentei, durante um tempo, eu tentei. Riza também tentou. Se arrependeu de ter dito certas coisas quando se viram pela última vez, quis manter contato, Joca nunca respondeu, mudou-se, sumiu. Ele conseguiu sumir da nossa vida. Embora soubesse onde eu estava. Ele sabe que eu trabalho na Universidade de Berkeley. Foi lá que seu advogado me encontrou, avisando que Joca estava sendo acusado. Precisava que eu viesse ao seu apartamento. Entrei e olhei. São tantas fotos na parede, não é?, tantas gravuras, eu nunca vi casa assim. Quase não há parede, é tudo coberto.

— Ah! Essa mania ele tem, mas é tão bonito, você não acha? Parede suja muito, assim não. Eu pego este aspirador, este aqui, ó, pequeno. Ele é ótimo, deixa tudo limpinho. Eu tomo um cuidado danado para não rasgar nenhuma destas fotos. Às vezes eu paro, eu só fico olhando: tem gente bonita, olha essa moça aqui, e esse homem, cruz-credo, que homem esquisito, parece que viu assombração. Ah! Mas espanador também funciona, quando Joca me vê com o espanador na mão ele diz: que coisa antiga... mas eu não ligo, o aspiradorzinho é bom, mas eu bem gosto de um espanador.

— Você veio aqui fazer o quê, Mário?

— Olha aqui, ô cara, eu não tenho de te dizer nada. Pouco me importa se você é da família. O que eu sei é que você não tinha nada que estar aqui. Se Joca não quis saber de você e dessa tal de Riza, por que iria aceitar que agora teria você? Ele tem advogado e é o advogado que sabe o que precisa fazer para salvá-lo dessa situação. Joca não precisa de você, nunca precisou.

12

Ele nunca precisou. Quando recebeu a herança do pai aos 21 anos, quando comprou seu primeiro apartamento, móveis, utensílios, tudo ele comprou sem solicitar Riza. Toda mãe se acha no direito de montar a casa do filho, toda mãe considera que, de casa, mulher é que entende. Joca fez tudo. Nem sequer uma vez pediu para que Riza lavasse suas roupas, ou para que Riza arrumasse quem fizesse comida. Ele não precisava. Ele nunca precisou de ninguém. Mas esse idiota do Mário tem de entender que as coisas não são tão simples. Pegaram o Joca, eles têm a lei na mão, a lei extrai o que quer, julga da forma que quer. Se resolveram incriminar o Joca, alguma intenção há de o comprometerem, ou de arruiná-lo. Não sei bem. Ainda é cedo. Mário pensa que vai ser fácil. Não acho. O advogado de Joca é excelente, ele diz, ele entende bem o caminho. Sim, ele entende bem o caminho e me fez vir de São Francisco porque achou que precisaria de nós. Eu tenho de falar, adquirir a confiança de Mário e de Eterna. Eles têm de aceitar que eu posso ajudar. Posso sim. Este Mário é pretensioso. Acha que as coisas são simples. Lidar com a justiça é o que há de mais complexo. Tudo pode acontecer. E Joca caiu na mão da justiça. Está com a corda no pescoço, sendo acusado, acusado de um crime. Eu custo a acreditar. Riza não, Riza disse que de Joca ela espera tudo. Disse isso friamente. Eu sei que ele poderia ter feito. Poderia sim. Mesmo assim eu não quero acreditar. A gente sabe, mas certas coisas a gente não quer saber. Eu vim ao Brasil só para ajudar o Joca. Ele não é meu filho, mas eu senti no momento que eu falei ao telefone com o advogado que eu devia largar tudo, pedir licença na universidade e vir. Mário tem de acreditar na minha intenção, eu preciso dele, ele conhece o Joca, ele tem estado com o Joca. Eterna. Não será difícil convencer Eterna de que eu também sou aliado, de que eu gosto do Joca. Gosto sim. Pode ser difícil de entender. Mas eu gosto do Joca.

13

— Gente! Vocês precisam vir aqui!

14

Eu ainda não tinha entrado no quarto do Joca. A sala, o banheiro e a cozinha. O quarto, eu ainda não tinha estado lá. Uma cama de casal numa colcha inteiramente branca; tetos e paredes pintados num tom azul, azul-cobalto. Nenhum quadro na parede, nada, tudo limpo. No quarto não tinha nada. Em toda a casa, quadros, fotos, reproduções em todo o canto. No quarto nada, só o azul. Uma porta à direita. Um *closet*. Eu não poderia entrar ali, assim. Mário e Eterna viriam atrás inspecionar minha curiosidade.

15

— A foto do lagarto! Gente, sumiu a foto do lagarto que estava pendurada ali, naquele prego.

— Ô Eterna, levei um susto quando você berrou. Pensei que fosse outra coisa. Você não sabe, mas Joca levou a foto para a vidraçaria.

— Ué, Mário, por quê?

— Tinha medo que, com o tempo, a foto exposta como estava, só colada no chassi, pudesse se deteriorar.

— Eu gostaria de entender que história é essa do lagarto.

— Ah! Senhor Luiz, uma tristeza. Joca gostava tanto deste bicho. Ele andava pelo apartamento como se fosse gente. Te juro! Quando cheguei aqui, fiquei apavorada, mas Joca logo falou, não tenha medo, ele não faz nada. E o bicho era mesmo bonzinho.

— Como veio parar aqui?

— O Joca trouxe. Tem um amigo que tem uma fazenda com rio e tudo e o lagarto vivia lá. Parece que o Joca criou amor pelo bicho e trouxe para viver com ele. Pena que não tem a foto aqui para você ver. Ele era negro, deste tamanho assim, e tinha umas manchas amarelas. O lugar da área de serviço que tinha mais sol, era onde ele vivia. O Joca me explicou que o lagarto gosta de ficar no sol e é verdade, o bicho ficava horas ali, fechava aquele olho estranho, de repente, abria e ali ficava. O Joca arrumou uma pedra e colocou ali, lagarto gosta de viver em pedra, o senhor sabe, né? De vez em quando Joca colocava ele no carro e levava para passar uns dias na tal fazenda. O bicho precisava, sabe, bicho nenhum gosta de ficar preso num apartamento. Eu fui até gostando dele, sabe, chamava Diamante Negro. Eu dava ovo, muito ovo, ô bicho danado pra gostar de ovo. Alface ele também comia, um molho só era pouco. Ele colocava aquele linguão para fora e botava a folha inteira pra dentro. Ele vivia quieto, parecia gente. Ficava parado do lado do Joca na sala enquanto o Joca via televisão. O Joca me disse que, na cultura de um povo do Egito, o lagarto era o amigo da casa, que só trazia o bem. Tem um outro povo por aí que fazia saco de remédios para curar com a pele desse bicho. Mas não foi isto que o Joca fez quando ele morreu. Pobre Joca, chorou feito criança. Também eu avisei, ele não devia levar o bicho na coleira para passear na praia. Ninguém ia entender. Ninguém entende como o Joca foi ter o Diamante Negro como bicho de estimação. Mas se vissem como o bicho vivia aqui... aí sim todo mundo ia entender, todo mundo ia gostar dele. Eu gostava dele e ele gostava de mim. Ficava quietinho do meu lado vendo eu trocar a areia do seu caixote. Foi maldade o que fizeram, maldade mesmo, isto não se faz. O Diamante não merecia, o Joca não merecia. Coitadinho do meu lindinho. Mas conseguiram, conseguiram entrar no apartamento para matar o lagarto. Só entraram para matar o lagarto, não levaram nada, nada! Mataram com uma faca e penduraram, amarraram pelo pescoço no varal de roupa. Uma coisa horrorosa. Eu fui a primeira a ver. Fiquei tão chocada que eu não consegui fazer nada. Fiquei esperando o Joca chegar. E quando ele chegou e viu, nossa! Ele deu um berro como eu nunca escutei alguém dar. Nem lá no terreiro ninguém berrou deste jeito. Joca ficou enlouquecido, tirou o Diamante Negro do varal, foi para a cama com ele e ficou lá abraçado no bicho chorando, chorando um tempão. Eu não conseguia falar nada. Nessas horas, eu sei, a tristeza é tanta que não há consolo. Nada consegue aliviar. Tem mesmo é que chorar. Diamante Negro era um companheiro de verdade. Tinha vezes que o lagarto ficava aqui no quarto com ele, passava a noite com ele. É porque o Joca às vezes não queria ficar sozinho, sabe? Bem... ele às vezes pedia para eu dormir na cama com ele. Quem é que não gosta de um calor humano? Qual o homem que não gosta de estar com uma mulher? E eu sou mulher, eu sou capaz de fazer tudo pelo Joca, tudo. Ele é um homem muito bom, gosto dele, gosto dele no duro. Mas quando o Diamante morreu, não adiantou, ele ficou bem uns vinte dias caladão, sem nem querer me ter ali, na cama dele. Eu bem que dei idéia. Mas ele não respondia. Calava. Pra bom entendedor... eu não insistia. Eu nunca vi o Joca tão triste, juro por Deus! A morte do lagarto deixou o Joca arrasado. E foi estúpido, foi muito estúpido o que fizeram com o bicho. Meteram um facão no peito do Diamante. Ali já mataram. Mas aí fizeram o quê? Penduraram o bicho, deixaram o bicho pendurado, a boca aberta, a língua esquisita pra fora. Esta imagem é danada, o senhor não acha? Ver um corpo assim, pendurado. Ave-maria, a aparência é horrível. Tudo meio solto. Dia seguinte, Joca foi, botou o Diamante no carro. E eu fui junto. Ele não pediu mas eu fiz questão de ir. Eu sou mulher e Joca é meu homem. Eu nunca tinha visto Joca sofrer daquela maneira. Fiquei preocupada. Não ia deixar ele seguir viagem sozinho. Eu disse que ia e ele não disse nada. Fiz uma bolsa pequena, larguei no banco de trás do carro e ele não disse nada. Diamante Negro foi enrolado num pano na mala do carro. Chegando à fazenda, Joca ainda chorando muito, veio um homem, o caseiro, falar com o Joca. Ele contou, o homem entendeu. Cavaram um buraco juntinho do rio. Antes disso, Joca pegou um canivete e tirou uma lasca do couro do bicho. Ele precisava disso, precisava ficar com isso. Ele usa este couro amarrado no pulso. Essas coisas fazem bem, são importantes, sabe, seu Luiz, você sente como se aquela pessoa estivesse sempre ali te acompanhando. Diamante era assim para o Joca, um companheiro. Você sabe, os bichos muitas vezes são mais fiéis que os homens. Tem gente que prefere bicho que gente. Joca é assim, ele não é de muita gente, sabe?

16

Deixar Eterna falar. Mário a escuta. Obviamente ele conhece toda esta história, mas ele a deixa falar. Ela fala, fala, muito. Seus dentes parecem postiços. A pele negra. Olhos escuros. Fala. Eu escuto. Ela sabe. De Joca ela sabe. Ela diz que ele anda com o couro de um lagarto amarrado no pulso. Nunca vi. Ninguém usa isso. Não é bom ele usar isso. Qualquer coisa excêntrica irá depor contra ele. Temos de livrá-lo de todas essas coisas. Não posso me esquecer. Tenho de falar que não podemos deixar aquela foto em cima da privada. O pai-de-santo eu já sei. É da Eterna. E a coleção de canivetes? Tenho de procurar. Eles têm de entender qual o meu papel. É impressionante esta história. Um lagarto morto, enforcado.

— Vocês não devem saber o que a imagem de um enforcado representa para o Joca?

— Como assim? Eu não estou entendendo.

— É, Mário, o fato de não saber coisas sobre o passado do Joca te impede de compreender certas coisas. Pois saibam que esta não foi a primeira vez que Joca viu na sua frente alguém enforcado.

— Cruzes! Não me diga uma coisa dessas. O senhor quer dizer... quer dizer o quê?

— É, vocês não sabem, ele não quis que vocês soubessem. Como se fosse possível ignorar. As coisas se repetem.

— O que você está tentando nos dizer?

— Eu preciso contar uma coisa para vocês. O Joca era pequeno, tinha seis anos. Ele vivia com o pai, a mãe, Riza, empregadas, chofer. O pai era rico. Ele chegou um dia da escola com a mãe, entraram em casa. Riza conta que ela foi direto para o banheiro. E quando saiu viu o Joca parado, imóvel na porta do seu quarto. Ela chegou junto dele. O pai do Joca tinha se enforcado, amarrado à corda no ventilador de teto do quarto do Joca.

— No quarto do menino? Deus! Logo no quarto do menino! Não me fale uma coisa dessas! Meu Deus, eu não agüento, quanto sofrimento. Joca é um homem muito forte. Como ele nunca me contou isso?

— O pai se enforcou? Por que ele se enforcou? Era maluco? Doente? Hein, ô cara?

— Parece que não. O motivo eu não sei, Riza não quis me contar. Eu achei que não devia insistir. Pode ser que Joca saiba o motivo. É possível que ela tenha contado a ele.

— Se contou, ele não ligou. Não sinto que isto tenha sido importante na vida do Joca.

— Como, Mário? Você acha que não? Você realmente acha que um fato como este pode passar impune na vida de uma pessoa? Um lagarto é enforcado. A memória é inexorável, é impossível conter o processo da memória. Joca, dono do lagarto, viu quando pequeno o pai enforcado. Esse registro ele tem.

— Não tenha esta certeza, Luiz, as lembranças subsistem quando são acionadas. Ele não quis mais se lembrar deste fato, aboliu. Sendo assim, sai da nossa memória. Ele nunca me falou disso. Nem de pai, nem de mãe. Pra quê? O que aconteceu ficou para trás. As lembranças não servem para nada. O passado é essencialmente impotente.

— Pelo que você fala, você não sabe a gravidade da acusação a que Joca está submetido.

— Claro que eu sei.

— E você não acha muita coincidência na vida de uma pessoa todos esses fatos? O pai, o lagarto e agora uma moça é encontrada morta, enforcada no lustre de seu quarto, e Joca sendo um dos suspeitos? Você não acha estranho?

— Como é que é, seu Luiz? O que vocês estão falando? Eu não estou entendendo, me expliquem. Quem é que se enforcou? O pai... tem uma moça nesta história? Uma moça enforcada?

— Eterna, a situação é delicada, muito delicada. Você não está entendendo o que estamos fazendo aqui, o que eu estou fazendo aqui. Eu sou, eu sou... a palavra deve ser esta: eu sou o padrasto do Joca e eu vim, eu fui chamado porque o Joca está sendo acusado de um assassinato, de ter matado esta moça.

— Não! Joca assassino, eu não posso deixar. Eu não posso deixar esses homens pensarem isto do meu Joca. Tá todo mundo doido, aonde querem chegar? Você está dizendo que eles dizem que o Joca matou uma moça. Nenhuma moça nunca entrou neste apartamento. Ele não é de moça, seu Luiz. Ele gosta de mim, o senhor entende? Ele me quer, ele me quer mesmo! Só eu posso dizer isto, ninguém vai entender o que eu estou dizendo, mas ele me quer, eu sinto o quanto ele me quer. Isso é pura invenção! Que idéia, dizer que ele matou uma moça! Não, não, Joca não tem nada a ver com esta história, eu garanto.

— As coisas não são tão fáceis assim, Eterna. Encontraram coisas na casa da moça, coisas que comprometem o Joca. Descobriram alguns e-mails enviados por Joca e através dos e-mails foi fácil chegarem ao Joca.

— É mesmo? Mas eu dizia pro Joca, não entendo este negócio de internet. Como é que você pode confiar tanto numa máquina? Ele não pensa assim. Perdia horas me dando aulas sobre essa tal internet. Meu lindinho me ensinou a mexer, volta e meia me pedia para ver se tinha chegado algum e-mail para ele. Eu via mas não lia nenhum. Eu não gosto de computador. Meus santos são contra isso, são contra isso que a gente está passando. Acham que o mundo está se destruindo, esse negócio de computador fazendo tudo vai arruinar o homem. Veja só, o meu Joca: confiando tanto nesta máquina, acabou sendo traído por ela. Como podem pensar que ele tem alguma culpa na morte dessa moça? Qual o nome dela?

— Kate, Kate Burgison.

— Que nome!

— Ela não é brasileira, Eterna.

— É lógico, com esse nome. Mas, olha, eu nunca ouvi falar este nome aqui dentro. Olha, se eu tivesse escutado este nome, eu lembraria. Kate: não conheço nenhuma pessoa que tenha este nome. E Joca também não. É tudo mentira, estão inventando essa história para acabarem com o meu Joca. Eu não entendo, um homem maravilhoso e tanta perseguição. O lagarto e agora a história desse pai. Ele não merece. Santo homem, ele não merece. Mas vocês vão ver, eu não vou deixar. Meu pai-de-santo vai dar um jeito nisso, eu vou pedir, eu vou levar isso lá pro terreiro. Lá todo mundo vai me ajudar. E aí não tem vez. Santo é que entende de justiça. E eu vou apelar para todos. É, seu Luiz, eu conheço muito essa história de santo, de todas as religiões. E nenhuma briga, você sabe? Num caso como este, eu posso pedir pro pai-de-santo, este que está em cima da geladeira, pra são Jorge, santo Antônio, vou pedir pra todos eles. Todos eles entendem de justiça. E eles não vão deixar o meu Joca, eles vão defender o Joca, vão fazer esses homens perceberem que eles são malucos de pensar que o Joca matou alguém. Kate. Coitada da moça. Ela era jovem?

— Não tão jovem, tinha 47.

— Tá vendo, o meu Joca só tem 36, como que estão achando que ele teria um caso com esta mulher?

— Ele não tinha caso com esta mulher, a questão não é esta. Ele se envolveu com ela, mas não nesse sentido. Eles trocavam informações. Você, por acaso, conheceu esta Kate, Mário?

— Não, eu nunca a vi.

— A situação é delicada, o advogado terá trabalho. Há inúmeros e-mails escritos pelo Joca em diversos tons. Eu ainda não os li, mas sei que comprometem o Joca. E o pior, por ser ela uma americana, já temos a justiça dos

Estados Unidos envolvida no caso. Aí, meu amigo, a coisa se complica e muito. Por isso, eu digo, nós temos de nos unir.

— Ai, meu Deus, eu tenho de começar logo os meus trabalhos, vocês têm de me explicar direitinho esta história para eu poder ir nos santos. Eu tenho de explicar tudo bem direitinho para eles. Essa coisa dos e-mails. Eu tenho de levar um material para eles. Olha, talvez fosse importante eu levar a pulseira de couro do Diamante Negro. Mas ele não vai deixar, duvido que o Joca me dê aquele couro para eu deixar lá, junto dos trabalhos. É, vai ser difícil eu arrancar dele aquele couro. É, eu não vou pedir. Se eu pedir, Joca vai ficar desorientado. Eu sei o que significa Diamante Negro, ele não tira ele do corpo por nada. E agora, eu sei, ele precisa de proteção. E o lagarto tem poderes. Joca me contou que existe um povo, parece que é na África, que diz que o lagarto é o mensageiro dos deuses. Aí, seu Luiz, esse couro tem de ficar no pulso do Joca, trazendo a força dos deuses. Pulso é lugar de força, ele precisa do bicho no pulso dele. E vem cá, e esse tal pai do Joca, o enforcado? O senhor tem alguma foto dele?

— Não, não tenho. Riza tinha mas não sei se tem mais.

— Ah! Seria bom, seria bom eu ter isto. A religião católica condena esse tipo de morte. As outras entendem de outro jeito. E ele está lá do outro lado, sabe bem ver este aqui. Ver melhor. Eu preciso ter pelo menos alguma coisa desse homem para conversar com ele lá nos meus cantos. Quem sabe esta Kate fez que nem ele? É claro, ela não foi assassinada pelo Joca, ela se matou! Seu Luiz, é isso: ninguém matou essa moça, ela mesma se matou.

— Não, Eterna, não foi assim, seria muito mais fácil. Mas ela tinha as mãos mutiladas, as duas mãos. Por isso sabem que alguém fez este serviço, sozinha ela não conseguiria.

— Ai, meu Deus, que coisa horrível! Mais essa. Como podem pensar que o meu Joca cometeu um troço horroroso como este. Pra que cortar as mãos da moça. Pra quê? Tem gente má, muito má, mas Joca não é disso, eles precisam saber que Joca não faria uma coisa dessas.

— Pois é, Eterna, a história não é simples. Nós temos de nos unir para ajudar o Joca.

— Eu preciso da foto do pai dele para os santos, seu Luiz, não precisa ser enforcado, pode ser uma foto qualquer. Este pai lá em cima pode ajudar o Joca. Os santos precisam conhecer a cara dele.

— Nada disso, Eterna, qual é? Se acharmos alguma foto deste pai, nós devemos queimá-la. Pra que ter esta foto? Ninguém precisa saber da existência dessa história na vida do Joca, isto vai fazer com que os filhos da puta culpem ainda mais o Joca.

— Ingenuidade tua, Mário. Você pensa que a gente consegue anular a nossa história. Ingenuidade. Eles sabem qual o nome do pai do Joca, vão procurar saber sobre ele, vão descobrir que já morreu, vão saber que saiu em todos os jornais e, se forem aos arquivos dos jornais, vão encontrar a foto dele enforcado. Os jornais não publicaram, a família impediu, mas eles têm, a polícia tem isto registrado. Não vai ter como fugir. Este fato é terrível. O advogado vai ter trabalho.

— Os santos vão ajudar.

— Todos nós temos de ajudar, Eterna. Nós aqui temos de traçar estratégias. Primeiro temos de mexer nas coisas do Joca e retirar daqui tudo que possa comprometê-lo. Precisamos fazer isto hoje enquanto o advogado está conseguindo segurar a polícia. Mas a busca no apartamento eles vão querer fazer. Existe uma divisão no departamento de justiça americana, o U.S. Marshall Service, órgão responsável pelo cumprimento da lei mais antigo dos Estados Unidos, que fuxica tudo até encontrar os criminosos. Nós temos de averiguar o que tem aqui hoje, este é o primeiro passo. Depois, eu preciso saber mais sobre o Joca e vocês precisam saber quem foi o Joca, que mãe ele tem. Eu posso falar, eu conheci o Joca garoto, bem garoto. Nós convivemos até ele completar 21 anos, quando saiu de casa. Naquela época, de vez em quando ele ainda aparecia. Até o dia em que teve uma briga tremenda com a mãe, falou coisas horríveis para Riza, Riza reagiu furiosa e daí não tivemos mais notícias dele. Não soubemos de mais nada. Ele não podia ter feito o que fez com a mãe. Riza não merecia, ela é uma mulher excepcional, mas não sei por que Joca tinha um relacionamento difícil com a mãe. Difícil, nem sei se é este o termo mais adequado, na verdade ele praticamente ignorava a mãe. Quando ela o procurava para um carinho, ele não correspondia, ficava seco, sem se mover. Riza sofria muito, "meu Deus do céu, que filho é este que eu tenho?" Ouvi algumas vezes ela dizer. E Joca continuava assim, cada vez mais seco, de poucas palavras, e foi crescendo assim, ficando cada vez mais difícil. Das vezes que saía, não avisava. De repente a gente se dava conta de que ele não estava em casa. Um sujeito silencioso, misterioso. Comigo ele também era assim, não me dava satisfação de nada, sempre com o argumento de que eu não era o pai. Volta e meia eu puxava assunto, falava das minhas pesquisas, da falta de recursos do nosso país, das dificuldades sociais e políticas. Aí ele se interessava, Joca é curioso, sempre foi curioso. Quando eu sentava para falar de meu trabalho, ele me escutava. Eu já falava da possibilidade de ir para o exterior, tentar pesquisa numa universidade americana. Quanto a isto ele não emitia opinião. Era um menino, um homem, é difícil precisar qual o tempo do Joca. Mas nessas conversas eu sentia, Joca gostava de mim, Joca tinha um olhar de quem tem guardado um afeto, afeto que não se sabe qual é. Eu também não sei. Nosso parentesco é apenas casualidade, mas existem afinidades, eu sinto, sempre senti. Mas com Riza a coisa funcionava diferente, Joca mais agressivo, mais impertinente. E Riza reagindo muito ao modo de ser do Joca. Não sei, mas acho que dentro dela existe um sentimento... mas eu estava falando da busca no apartamento.

17

Este cara não pode estar mentindo, tenho de considerar que ele não poderia inventar todas essas histórias. Esse pai. Joca teve um pai que se enforcou. Não era louco, Luiz diz que ele não estava louco quando se enforcou. Estava o quê? São formas de se matar. Qual é? Existem suicídios nobres, mas se enforcar no quarto do filho? Pusilânime, medíocre, filho da puta! Não há motivo que possa vir a explicar. Joca nunca poderia entender. "Divina é a arte de esquecer", dizia Nietzsche. Joca, sábio. Tem de apagar, tem de esquecer que houve um pai desses na sua história. Não tem de suportar. Será que é tão difícil entender que para continuar, para viver, é preciso eliminar certos acontecimentos? Luiz resiste em aceitar isto. É tão claro! Eu vou deixar ele mexer nas coisas do Joca, eu sei que ele está doido para encontrar uma foto desta tal Riza ou de Joca bebê, ou de Joca vendo esse pai. Esse pai covarde. Ele vai remexer, vai abrir gavetas, encontrar pastas, papéis, desenhos, recortes de revistas, etiquetas, mas foto? Nenhuma. Duvido que exista alguma foto de pai, de mãe neste apartamento. Eles vão investigar a vida do Joca, nisto ele está certo, vão descobrir tudo sobre esse pai. Isso é ruim. Temos de nos armar muito bem pra livrar o Joca. É evidente que eles farão uma ligação entre as duas mortes. Uma merda ter um pai que se matou assim no quarto do filho, o filho vendo, sendo a primeira pessoa a ver esta imagem. Foda-se essa morte, nós temos que tentar omitir isto. É possível. Pode ser que na investigação não se revele que o homem tenha se enforcado. Isto tem de ser omitido. Necessariamente! Senão vai dificultar. Vão usar, vão usar este fato para culpar ainda mais o Joca, acusá-lo de neurótico, paranóico. Eu garanto que o Joca não carrega mais este peso. Ele eliminou. A sua inteligência sabe quais os caminhos para se livrar do que não interessa. Sobrevivência. Inteligência é isto, é saber orientar o cérebro, usá-lo para o que é útil. Que culpa tem de ter tido um pai como esse? Joca não é cara de ficar remoendo coisas. Ele não quis saber desse assunto, apagou. Nós nunca falamos de pai nem mãe. Eu nunca perguntei, mas pensei que Joca não tivesse mais pai, nem mãe. E ele nunca perguntou sobre os meus pais. E eu nunca quis que ele soubesse nada a respeito da minha família. Eu não tenho nada com a minha família. Luiz vai procurar foto da mãe e do pai do Joca, quer encontrar neste apartamento alguma referência que o leve ao passado. Eu vou deixar, eu vou ficar do seu lado, vendo ele mexer em tudo. Ele acha que vai encontrar aquele Joca que diz ter conhecido. Nada. Eu conheço o Joca, eu sim, conheço o Joca. Ele é como eu, não quer saber, o que passou não vale mais nada. Pra que ficar guardando coisas? Joca joga fora. Luiz vai ficar procurando. Quero ver o que ele vai encontrar.

18

— O senhor quer começar por onde? Apesar de eu viver nesta casa, tem certas coisas em que eu nunca mexi. Eu limpo o armário de roupa do Joca, mas no resto, os outros armários, as gavetas, eu nunca mexi. Ele quem cuida. Mas se agora é importante a gente revirar tudo, se isso vai ajudar o meu lindinho, por onde a gente começa?

PARTE II

I

O escritório. Na casa de Joca tem um escritório. Computador. Estante. Um sofá. Na parede, só estante. Na estante uma TV. Um aparelho de som. Prateleiras. Fitas de vídeo. CDs. CD-roms. Livros. É por aqui que eu começo. Ver o que o Joca ouve, ver o que o Joca vê. São muitas fitas de vídeo. Filmes. Hitchcock, Hitchcock, Hitchcock, Hitchcock. Todos. Parece que ele tem todos os clássicos de Hitchcock. *Cidadão Kane.* Toda videoteca tem este filme. *Laranja mecânica, Caminhos perigosos, Taxi Driver, Cabo do medo, Cães de aluguel, Pulp Fiction,* Violento, tudo violento. *Veludo azul, Coração selvagem.* Este eu não vi. *O cozinheiro, O ladrão, sua mulher e o amante.* Peter Greenaway. Um chato. *Fargo, Apocalipse Now, Twin Peaks.* Não gosto de ver estes filmes na estante do Joca. *O estranho mundo do Zé do Caixão, Faca de dois gumes, O homem da capa preta:* são estes os nacionais que ele gosta de ver. *Matou a família e foi ao cinema.* Não posso deixar estes filmes na estante do Joca. Darão margem a pensar. Só temos na estante filmes que nos atrai ver mais de uma vez. Vão achar que Joca é fanático por filme de violência.

— O que você acha, Mário?

— Nada. Se a porra da polícia se basear nestes títulos para fazer suas análises, conclusões para incriminar o Joca, é porque realmente nada irá ajudá-lo. Deixe os vídeos onde estão.

— Não sei, tenho medo. A lei é montada sobre um argumento, é um discurso lingüístico. Quando o organismo judicial faz uma acusação, ele está firmemente convencido da culpa do acusado. A defesa entra, mas na verdade ela é apenas tolerada. Se Joca é suspeito, se os e-mails funcionam como prova de acusação, os filmes podem sugerir um tipo de personalidade. Eu não vou deixar esses vídeos aqui. Não posso deixar que eles pensem que Joca gostava dessas coisas.

— Como é que é, seu Luiz? Você acha que a gente deve esconder esses filmes? Eu não sei, eu vi um ou outro, mas inteiro mesmo eu nunca vi. Sabe, eu até ficava do lado do Joca, começava, a música vinha, o letreiro, tudo rapidinho, eu nem consigo ler, e começa o filme e logo que o filme começa eu durmo, não tem jeito, sabe, seu Luiz? Pode ser o filme que for, eu durmo. Não adianta ter homem bonito nem nada, eu durmo. Joca não, Joca fica firme até o final. De madrugada, ele ainda está lá vendo filme. Ele diz que é importante, ele precisa ver esses filmes. Joca é um homem que pensa muito, sabe seu Luiz? Vê muita coisa, lê muita coisa. Ele está sempre pensando.

— É, Eterna, mas eu vou levar alguns desses filmes. Ficam *Janela indiscreta, Cidadão Kane, Veludo azul* vai, *Cabo do medo*. Ih! Olha este aqui: *Como matar um juiz*, eu nunca ouvi falar neste filme. Esse também vai, não podemos arriscar.

— Ah, cara, não exagere, a nossa polícia não tem cultura. Você acha que os caras que virão ao apartamento entendem dessas coisas? Nada, nem de cinema nem de nada. A polícia brasileira é um embuste. Quando surge um caso como este, eles não sabem como fazer. Não temos nenhuma tradição em investigação policial. Pensar que eles vão olhar os vídeos na estante do Joca, ler cada título, duvido. Eles ficam atrás de cocaína, armas, essas coisas.

— Concordo com você, Mário, a polícia brasileira é conhecida pela sua incompetência, pela sua incapacidade de levar a cabo suas causas, de punir. Mas no caso de Joca tem um dado perigoso: a vítima é americana e obviamente a justiça norte-americana vai ter participação. Os contatos já foram feitos, o advogado de Joca me disse. Disso eu tenho medo. Eu conheço os americanos. História de crime com eles funciona, eles vão até as últimas conseqüências para desvendá-lo. E a relação do brasileiro com o americano é de total submissão. E aí o que acontece? A polícia brasileira vai querer mostrar competência, eficiência, vão querer arranjar um acusado o mais rápido possível, e Joca é o único suspeito. Este é meu medo. Por outro lado, o fato de a justiça americana estar entrando na história nos ajuda um pouco. Aqui no Brasil, quando eles pegam um suspeito, prendem, batem, batem até o cara confessar o que às vezes nem fez. O contato com a justiça norte-americana vai dar um outro rumo à história: Joca teve de se apresentar à delegacia; existem provas contra ele; o advogado tem como argumento que essas provas não esclarecem o crime; se não surgirem provas mais convincentes, ele será posto em liberdade condicional. A justiça americana costuma investigar os suspeitos dando-lhes liberdade, mas é uma liberdade totalmente vigiada. Tem o FBI. Nisso eles têm tradição, é difícil escapar. Eles vão entrar aqui de sola e a polícia brasileira, tenho certeza, vai abrir as pernas, vai cumprir com o que eles proclamarem. Por isso, nós hoje temos de fazer uma busca bem pensada, muito pensada, olhando cada objeto de Joca.

— Nossa! Vocês falam demais! Eu estou perdidinha. Polícia americana. Ai, meu Deus! Quem diria que eu ia ver Joca metido numa história dessas, não dá para acreditar. Mas eu tenho fé, muita fé nos meus santos. Eles andam por aí, andam no Brasil, nos Estados Unidos, em todo canto. Eles vêem tudo e eles já sabem quem matou essa moça. Eles sabem que não foi o Joca. Tá na cara que o meu Joca não faria isso com uma moça, não faria isso com ninguém. Meus santos sabem disso, eu só preciso conversar mais com eles, explicar toda essa história de e-mail, de pai que se enforca, da polícia querendo pegar o Joca, desse povo americano se metendo. Eles vão ajudar, vocês vão ver que eles vão ajudar. Vão descobrir que essa moça era uma safada, que estava se metendo com gente salafrária, que foram esses salafrários que penduraram o corpo dela.

— Cuidado, Eterna, para não confundir os santos.

— Isto nunca, Mário, se eu falar a coisa certa eles vão saber chegar ao culpado. Joca não foi, eu tenho certeza que quando eu chegar com essa pergunta pros santos eles vão mandar me dizer que o Joca não foi. Não foi ele! Os santos vão mostrar quem matou essa pobre dessa moça.

2

A fé, Eterna e sua fé. A minha dificuldade consiste em saber que os diferentes caminhos não me levam. Levariam. Durante anos ficamos elaborando explicações das mais diversas ordens para darmos conta de nossas interrogações. Século XX. Foi-se. Foi-se Freud, Marx, Nietzsche, cérebros que influenciaram as gerações que atuaram nesse século. Acreditávamos que seus princípios poderiam dar um sentido lógico a nossa existência. Acreditamos, levantamos bandeiras. Mas tudo se foi. Quisera ter os santos de Eterna, depositar neles toda e qualquer vontade acreditando que serei atendido. Os santos sabem, ela diz. Os santos entendem de justiça. Os santos de Eterna livrarão Joca de qualquer tipo de acusação. A dificuldade de crer. Olho para Mário: este então não crê em nada. Nenhuma ideologia, nenhuma utopia. Não viveu nenhum movimento político, não passou pelo movimento hippie. Procuro entender, saber por quê. Eu e todos os meus sentíamo-nos impotentes diante do que vivíamos. Tínhamos de criar forças, fazendo projetos que no futuro iriam viabilizar o que nós desejávamos. Havia um desejo de transformação. Mário escuta o discurso de Eterna como se fosse uma alucinação. Ele dá ouvidos a Eterna num tom de complacência, mas eu vejo pela sua cara que ele não crê. Não crê em nada. O que existe está aqui, ao alcance do nosso corpo, do nosso cérebro. Ele pensa assim. É como o Joca. O seu discurso é este, eu me lembro de ele falar com Riza deste modo. Não quis saber mais da mãe. Pra que, eu não preciso de vocês, ele disse olhando para mim, e depois para Riza. São poderosos, essa gema se acha poderosa. Mário e Joca pensam assim, não precisam da família, eles agem, eles são uma máquina. É isso, Joca pensa assim. Logo cedo ele quis um computador e eu trouxe. A Riza se incomodava com isso e me falava, não entendo, é só no computador. A vida dele gira através deste diabo de computador. Tudo ele faz no computador. Riza ficava irritada. E eu ficava vendo o Joca, tudo sobre computador ele sabia, ia atrás. Conseguia tudo, o que saía de novo ele tinha. Quando montou sua própria casa, nós fomos lá. Riza ficou impressionada. Eram dois, um na sala, outro no quarto. Ele não precisava de mais nada. Esses caras são assim. E ele é assim, uma máquina, age como máquina, vive pela máquina. E encontro Mário, e Mário vem dizer novamente que Joca não precisa de ninguém. O advogado basta. O advogado sozinho livrará Joca dessa acusação. Eu não tenho essa certeza. Tenho medo. Os e-mails acusam o Joca. Eu tenho de saber o que tem nesses e-mails. Eu tenho medo quando eles souberem da história do Joca. Dos enforcados. Sua história o condena e nisso eu posso ajudar. Mas não adianta eu dizer isso ao Mário. Mas ele vai ter de deixar eu tirar estes filmes daqui.

3

— É, eu acho melhor, Mário, o senhor Luiz tem razão, não custa nada levar estes filmes daqui. Pode ser que eles pensem mal do meu lindinho. Esses homens da justiça são muito maus. Só pensam no mal. E pensar muito no mal, traz o mal. Estão querendo carregar o meu Joca, fazem tudo pro mal tomar conta dele. Mas eu estou aqui pra não deixar. Eu e meu pai-de-santo. Este a gente não pode tirar, seu Luiz, tem de deixar ele ali, em cima da geladeira. Quando os homens entrarem aqui para mexer nas coisas do Joca, ele vai estar ali, protegendo com aquele olhar, abanando o mal.

— Levar estes filmes. Acho besteira.

— Não é não, rapaz, vai por mim. Se você quer ajudar o seu amigo, vai por mim. Há muito tempo eu moro nos Estados Unidos, sei bem como é que é. Eles têm uma quantidade enorme de casos dos mais mirabolantes. Na América, os criminosos são sofisticados, por isso a polícia americana precisou se sofisticar. Eles mexem em tudo, nos pertences, no passado, contratam psicólogos, detetives especializados, psiquiatras. No caso de eles terem nas mãos um tipo como o Joca, um cara jovem, inteligente, de classe social alta, eles se empenham ainda mais. Serve como cobaia. Viram o cara de todos os lados para tentar entender a sua psicologia. Aí o classificam, enquadram o sujeito num determinado tipo de desvio — americano adora estatística. O desvio, a loucura são conceitos, artifícios que mudam conforme a história. O que era desvio há vinte anos, pode hoje não ser considerado mais desvio. E o contrário, o que antes não era considerado desvio, pode ser hoje um fator de pânico, dependendo da sociedade. Aí, logo criam uma lei calcada em argumentos poderosíssimos. A lei norte-americana é terrível! Eles são muito preocupados com a lei. E você sabe da relação da polícia americana com o Brasil. Aliás, você não sabe nada, de história sua geração não sabe nada, não quer saber. "Época de ditadura", isto para vocês é folclore. Se a história chega às telas do cinema, vocês até assistem e é só. Pois saiba que na época da ditadura a polícia americana entrou com peso. Mais de 100 mil policiais brasileiros foram fazer treinamento nos Estados Unidos. A selvageria das torturas tem uma origem americana. A polícia americana não brinca em serviço e o consulado americano no Brasil foi imediatamente contatado ao saber da morte da americana. Joca está na mira deles. Nós temos de levar, sim, estes filmes.

— Ai, meu Deus! Quer dizer que vai ter americano vindo aqui? Ai, que povo lindo! Eu quero, eu quero estar aqui, seu Luiz. Eu não sei falar inglês, mas só de poder ver esses homens... Ah, eu quero. Não é que eu não ache o Joca bonito, ele é o meu lindinho, mas quando eu vejo aqueles filmes... quando o Joca põe aqueles filmes no vídeo pra gente assistir... Nossa! É muito homem bonito num povo só. E eu tenho fé que eles não vão conseguir pegar o meu Joca. Existem forças muito grandes que vão ajudar. Eu já sei o que eu vou fazer. Lá no terreiro tem um pai-de-santo, preto que nem carvão, e... Nossa! Como ele sabe. O branco para ouvir os assuntos precisa de muito estudo. Gente preta não, tem o dom. E eu vou nele, neste pai-de-santo, e vou pedir para ele fazer o jogo do *erindilogun* que tem dezesseis búzios. Aí vem resposta, resposta detalhada lá de cima. Lá em cima tem Ifá vendo tudo, o passado, o presente, o futuro. E se pai-de-santo perguntar, vai vir resposta. Mas vocês têm de me dizer o que eu vou perguntar.

— A gente diz, Eterna, mas antes nós temos de entender bem a situação.

— Ah, é bom, santo nenhum gosta de abuso. Eles não são de brincadeira. Quando a gente vai neles, a gente tem de estar com muita certeza. Santo católico também é assim. Mas no caso do Joca os santos católicos não vão ajudar tanto. Estes santos não têm intermediário, a gente faz as rezas e fica esperando. Um dia o milagre vem. Mas no caso do Joca eu acho que a gente está precisando de orientação, orientação que vem lá de cima e isso só o pai-de-santo, só um babalaô.

— Ih, Eterna, sabe o que eu acho? Você e Luiz falam demais, têm medo demais. Eu garanto que Joca está tranqüilo. Ele vai saber se safar dos americanos. Americanos são espertos? Espertos somos nós. Eles vão ver. Podem trazer todos os tipos de especialistas investigadores do FBI, psicólogos, psiquiatras, detetives de hackers. Pode vir todo esse bando para decifrar o Joca. Eles não vão ter chance. O Joca manja esses caras, ele sabe o que dizer e o que não dizer. Eles podem fazer todo tipo de teste. Eles vão ficar admirados.

— Você falou em hacker?

— Falei.

— Joca é um hacker?

— Não, Luiz, ele poderia ser, mas Joca não é um hacker. Ele entende tudo de computador, de segurança de computador, conhece os caminhos para burlar senhas, mas essa não é a dele. Eu trabalho com Joca, somos amigos. Mas o verdadeiro aliado dele são os seus computadores. Ele vive ali, criando desenhos, faz de tudo com fotografias, vai na internet, puxa daqui, puxa dali. Mas entrar numa de hacker? Não é a dele.

— Mas ele já entrou em algum caminho secreto da internet? Bancos, cartões de crédito?

— Olha, cara, Joca é um especialista. Ele manja tudo de computador, de software. E esta tecnologia é muito recente. Tudo se torna um desafio. Joca é um cara curioso, extremamente curioso. Eu e ele lemos tudo sobre esse assunto e é claro que quem está nesse caminho se sente instigado a saber entender como se faz para ter acesso a senhas, cartões de crédito, telefones celulares etc. Existe essa gangue, mas Joca não faz parte. Ele pesquisou, aprendeu como se faz, mas ele não precisa disso.

— Como você tem essa certeza?

— Eu sou amigo de Joca, eu conheço bem ele, eu sei os interesses dele.

— Sim, Mário, mas quem tem o domínio dos sistemas de computação é capaz de agir de modo totalmente invisível. Esta é a questão. Não sei até que ponto nós seremos capazes de descobrir se Joca não estava metido em alguma trama que envolvesse fraudes de sistemas de computadores. Você diz que o conhece. Eu também digo que o conheço. Conheço o Joca de uma época que não é a sua. Ele é um cara impressionante. Eu posso dizer isto. No momento em que pensamos que entendemos o seu caráter, ele nos escapa. Nem eu, nem Riza, nós dois juntos nunca conseguimos decifrar a índole de Joca. Nem Riza. Você, Mário, não sabe o que é isso. Você não sabe o que é para uma mãe dizer que não sabe quem é o seu filho. Riza sofreu muito com isto. Tentou entender, tentou direcionar o filho, seu único filho, e não conseguia. Joca é um cara escorregadio, indecifrável. Por isso eu não posso considerar a sua certeza ao dizer "ele sabe ser um hacker, mas ele não é um hacker". Não tenho segurança nesta tua afirmação, ele pode ter feito muita coisa sem você ter o menor conhecimento. Esta é a grande questão que o processo em rede de computadores criou. Você pode acionar os mais diversos campos, ir a milhares de sites, sem se identificar. Este é o medo que paira sobre os Estados Unidos. Eu posso dizer isto porque moro lá e vejo isto acontecer. A espinha dorsal daquele país está ligada à internet. Tudo perdeu sua força. A imprensa, extremamente competente, hoje em dia perde para a internet. Você pode lançar um furo de reportagem na internet, atinge o público de uma forma muito mais incisiva. Quando um promotor poderia escrever um relatório de 445 páginas contra o presidente da nação e ser lido pela imensa população? Nunca um jornal publicaria na íntegra o seu relatório. Só pela internet. Através da internet você chega lá. A todo o mundo, o mundo todo vai e entra e lê as acusações feitas ao presidente.

— É, cara, a imprensa se fodeu nesta.

— Pois é, Mário, vantagens e desvantagens. A tecnologia está impondo mudanças ao mundo que vão fugindo ao nosso controle. Por isso eu não sei até que ponto Joca não fez coisas através de computador que possam a vir incriminá-lo.

— Eu digo que ele não fez, Luiz. Eu digo porque eu conheço o Joca.

— Você conhece, Eterna conhece, eu conheço. E vocês sabem: ele é um sujeito diferente, misterioso. Ninguém aqui quer admitir que ele é um criminoso, um criminoso tecnológico ou um homicida. Mas, vocês sabem, o Joca é capaz de fazer coisas que fogem ao nosso conhecimento. Eu tenho medo, muito medo. A justiça americana é implacável e o Joca tem um perfil que condiz justamente com um criminoso eletrônico: um cara que se relaciona melhor com a máquina do que com seres humanos, é extremamente inteligente e obsessivo no que faz, e ainda cria uma sombra de mistério em torno de si mesmo. O verdadeiro hacker é invisível e desconhecido. Este é o Joca, o Joca que viveu uma infância sem risos e brincadeiras. Poucas palavras. TV, só TV, e computador e livros. A infância de Joca foi no silêncio. Riza não conseguia aceitar, fazia de tudo para ele sair, ir para o playground do edifício, fazer uma turma. Joca não tinha turma. Não queria ter. Uma criança solitária. Hoje em dia, olhando para trás, reconsidero. Eu antes concordava com Riza, achando que a maneira de ser do Joca era problemática, e Riza vinha com o discurso, o peso do pai enforcado. Tudo viria desse trauma. Eu hoje penso que não. Eu hoje sou capaz de enxergar que Joca era assim, sua felicidade estava em ser assim, solitário. Este era seu universo. E daí esse cara que você, Mário, e você, Eterna, conhecem. Vocês nunca conheceram uma pessoa assim.

— É, seu Luiz, eu vou concordar com o senhor, eu vou te dizer, o meu lindinho é uma pessoa muito diferente. É o quê? Eu não sei. Eu não vou saber dizer pro senhor. Às vezes eu penso que ele é doido, às vezes eu penso que ele é santo. Tem vezes que eu tenho medo dele. Tem vezes que eu chego nele, perto, até beijar. Eu beijo e ele me beija e me agarra. Ele faz essas coisas comigo, me faz coisas que só homem de bom coração é que faz. Mas às vezes eu vejo ele ali quieto, mexendo no computador, sem que ninguém fale nesta casa. É, ele fala numa vez só: "eu não quero ouvir sua voz hoje, Eterna" e eu obedeço, fico calada, tenho medo de fazer barulho. Ele é capaz de ficar um dia inteirinho sem falar. Aí, eu tenho medo dele, da cara dele. Aí, eu penso que ele está ficando maluco. Aí, eu penso, eu chego a pensar nessas coisas. Aí eu vou à cozinha, olho pro pai-de-santo e peço que ilumine o meu Joca. Peço, fale com Ifá. E eu sem saber dessa história de pai que se enforcou. Ai, que horror! Se eu soubesse disso há mais tempo, teria dirigido minhas orações diferente, teria falado da morte, desta morte horrorosa perseguindo a vida do Joca. Teria, sim, feito trabalhos pensando nisso, mandando essa idéia de mortes para bem longe dele. Mas eu não sabia, não sabia de nada disso. E agora vem essa moça. Outra morte, outra morte na forca. Se eu tivesse feito meus trabalhos, tenho certeza, ele não estaria passando agora por isso. Tem de haver uma explicação para ele estar vivendo isso de novo. Tem essa história de outras vidas, de a gente ter sido sei lá o que em outras épocas. Em outras épocas morria muita gente enforcada. Dizer que o Joca foi matador, um matador de mandar muita gente pra forca. Quem mexe com essas coisas acredita, e podem até dizer que Joca, eles vão dizer isto, vão dizer que em outra vida ele fez isso. Mas isso eu não quero ouvir. Joca ter enforcado essa moça. Ele não fez isso, eu sei que ele não fez. Se eu tivesse feito meus trabalhos, tenho certeza...

— A gente está perdendo tempo nessa conversa, nós temos muito o que fazer neste apartamento. Temos de ver todas as coisas: os livros, os discos, os CD-roms, os disquetes, os computadores que você diz que ele tem. Ele tem um notebook, um palmtop. Pois precisamos ver tudo isso. Aliás, eu quero perguntar a vocês se vocês conhecem a coleção de canivetes de Joca. Ele quando criança colecionava canivetes. Ele ainda tem isso?

— Tem, Luiz, eu sei onde está, está numa caixa de couro forrada em veludo vermelho que ele mandou fazer especialmente.

— Ué, eu nunca vi esta caixa.

— Ela existe sim, Eterna, ele guarda numa gaveta trancada dentro do *closet*. Eu mostro pra vocês.

— Pois é, isto não pode ficar. Temos de levar esta caixa.

— São muitos?

— Mais de vinte canivetes de todos os tamanhos.

— Pegue lá, vamos juntar todas as coisas aqui, sobre este móvel. Você sabe, Mário, se neste apartamento existe algum tipo de arma?

— Imagine, seu Luiz, o Joca não é destas coisas, não, ele é um homem de paz. Pessoal lá de onde eu moro com minha irmã é que gosta destas coisas. Ih, mas lá é que tem muita arma, minha irmã mesmo guarda uma, o pessoal deu a ela. Eu acho bom. Sabe, ela fica com meus filhos enquanto eu fico aqui com o Joca.

— Você tem filhos?

— Dois, seu Luiz, dois homens já marmanjos.

— Você teve filho nova, então.

— Coisas da vida, seu Luiz, eu nova era ingênua, primeiro foi um, eu logo engravidei; depois veio o outro, o segundo, e eu, burra, fiz barriga. Só velha aprendi como fazer pra não fazer filho. E eles estão grandes, graças a Deus! Mas eles não sabem que minha irmã tem essa arma escondida debaixo do colchão, tenho medo, garoto novo é metido a valente, não pode ter arma não. O meu Joca é valente, mas ele não quer saber de arma, não liga pra essas coisas, eu nem sabia que ele tinha canivete.

— É, Eterna, arma eu nunca vi por aqui, isto o Joca não tem. Mas os canivetes ele me mostrou, contou ser uma mania de menino, objeto fascinante, matemático, ele diz. Está aqui a coleção, Luiz: tem uns automáticos incríveis, uns têm bússola, saca-rolha, pretos, cinza, verdes, vermelhos, grandes, médios, pequenos, tesouras de unha, chave de fenda, alicate, tudo numa mesma peça.

— Deixa eu ver, Mário, eu quero ver, quero ver se ele guardou os que eu dei a ele. Tem anos, ainda me lembro da cara dele ao receber de mim os canivetes. Mas ele tem muitos, não lembro mais quais foram os que eu lhe dei. E ele usa?

— Sempre está com um.

— Isto mesmo, Mário, o meu lindinho cortou o couro do Diamante Negro, agora eu estou vendo, era um canivete, ele tirou de dentro da carteira dele de dinheiro. Agora eu estou entendendo, Joca é muito esperto mesmo, ele guarda isto junto do dinheiro; se vier um malandrinho roubar o dinheiro, ele se defende. Meu lindinho... e se a polícia achou a carteira dele, achou o canivete? Ah! Mas isso não é bom, vão achar que meu Joca é de briga, logo o meu homem! Mas eu posso dizer que ele não é, eu conheço bem os homens que são de briga, tem muito homem de briga, homem de briga são esses policiais que pegaram o Joca, eles acharam o canivete do Joca e guardaram o canivete. Cadê que vão devolver? Devolvem nada, fica tudo pra eles. Um canivete bacana na mão desses polícias, aí sim é perigoso, eles vão ficar doidos pra usar logo isso, pra mostrar pros amigos metidos a valentes. Com Joca não, meu lindinho não tem essa vontade, de se mostrar, se mostrar pros outros. Ele é de paz, já disse pro senhor.

— Eu sei, Eterna, eu conheço o Joca. Nós vamos tirar daqui essa caixa de canivetes. Bem, agora eu quero ver os discos, nós temos de ser rápidos. Os CDs estão ali, não é? B.B. King, B.B. King, B.B. King, B.B. King, Bill Evans, Bill Evans, *Conversations with myself*, *Alone*, Cyrus Chestnut, este eu não conheço, um, dois, três, quatro discos deste cara, Charles Mingus, *Changes*, Charlie Parker, *Bird: The complete Charlie Parker on Verve*. Ele gosta de jazz... e de blues.

— Por que, cara, você acha que isto também é comprometedor?

— Como?

— Ué, pode ser que a polícia americana encrenque, afinal o jazz não é a música negra americana?

— Não, não é mais visto assim, o jazz se consagrou no mundo inteiro.

— Tá certo, cara, mas é música de negros e o povo negro é e sempre foi oprimido. É outsider. Se você tem grilo de deixar aqueles vídeos aqui, não entendo como você não tem a mesma postura em relação a um Charlie Parker, a um Miles Davis. Esses caras foram doidaços e Joca tem uma profunda admiração por eles, comprou um sax por causa deles.

— Ele toca sax?

— Ih, uma maravilha, seu Luiz, olha que eu não sabia nem o que era isto, eu nunca tinha ouvido esse tipo de música antes de chegar aqui, mas Joca me ensinou. Olha, ele tem cada disco... tem esse tal de blues que eles cantam como se estivessem falando. Eu não entendo nada, é tudo em inglês, mas o Joca entende e ele fica me explicando tudo em português. Eles falam de tristeza, de amor, de pobreza, e eu digo pro Joca, essa coisa eu conheço, essa coisa tem lá no morro, a gente chama de partido-alto: começa o batuque, um puxa o samba, um outro revida, e aí começa a conversa, ao toque do pandeiro, o tamborim, o agogô, o atabaque. Ele quis ir e eu levei, todo sábado tem na vendinha do Vela. Joca gostou, gostou tanto que voltou, e da segunda vez já pegou uma caixinha de fósforos, só que nisso ele não é bom, e eu digo sempre a verdade, pra isso o meu lindinho não leva jeito não, e ele sabe, ele mesmo reconhece que o negócio dele é mais perto do sax. Ele diz que vem tudo da mesma fonte, o samba e o jazz vêm da cultura negra, do povo africano mesmo, esses sabem fazer, o Joca diz, entendem de ritmo, coisa de negro mesmo. Sabe, seu Luiz, a gente vive isso na alma, com emoção. O partido-alto é só emoção, o pessoal cria ali na hora, vai puxando e vai saindo, nossa, dá arrepio só de ouvir aquele cara dizendo o que a gente quer dizer, coisa da nossa vida, das nossas dores.

— É como o blues, Eterna, a voz do lamento, o canto comovente. E disco de samba? Joca tem disco de samba?

— Não. Ele só ouve jazz e blues.

— Nem um rock?

— Não, ele não quer gastar dinheiro com isso.

— Engraçado, quando garoto ele gostava e eu o vejo mais próximo do rock. O rock é música eletrônica, instrumentos elétricos, sempre achei a cara do Joca.

— Ele tinha uns discos de rock, mas um dia eu cheguei aqui e ele me perguntou se eu não queria esses discos. "Eu não quero mais encher minha estante com essas músicas", ele disse, e me deu tudo e ficou só com jazz e blues. De um dia para o outro ele não quis mais saber desse som.

— É, eu conheço isso do Joca, de um momento para o outro ele elimina, ele é capaz de eliminar qualquer coisa da sua cabeça, da sua vida. Assim ele fez com Riza, comigo, assim ele faz. Mas acho incrível ele ter eliminado o rock da vida dele, ele gostava disso, eu me lembro.

— É, cara, mas ele agora está em outra. Você não conhece o Joca, a ligação dele com música passa por outras instâncias. Ele toca sax e quando pega um sax tem uma intenção: gritar. É o instrumento do grito. Joca é um cara calado, ele não gosta de falar, mas com o sax ele fala. Ele comprou este sax, teve algumas aulas. Ele diz que todo ser humano tem a obrigação de tocar um instrumento. Ele começou e foi se entendendo com o sax, ouvindo estes discos, tentando tirar o som desses caras no seu sax. Joca não sabe ser meio-termo, quando ele se mete a fazer uma coisa, cara, ele é obstinado. É, cara, hoje em dia é disso que ele se alimenta: jazz e blues.

— Música americana. Bom saber que ele tem estes discos, Mário. Se americano vier investigar, vai gostar de ver seu jazz e seu blues. Eu conheço, eu vejo isso lá nos Estados Unidos. Americano se orgulha de saber que a música deles tem essa repercussão. Vamos deixar estes discos aqui, isso vai depor a favor do Joca e é nisso que temos de pensar. A polícia entrando aqui já vai achar muita coisa estranha. As paredes, estas paredes todas cobertas de fotos, quadros, gravuras, fotos de revistas: não dá pra gente tirar? Dá margem para se pensar que Joca é... é sei lá o quê. Quando um psiquiatra americano entrar aqui, só de ver estas paredes, vai pensar, vai criar alguma história a respeito da personalidade de Joca. Me preocupo.

— Você, Luiz, é um cara preocupado demais para quem diz conhecer o Joca. Você não conhece o Joca, não sabe quem ele é. Ele não está nem um pouco preocupado com esses caras que vão interrogá-lo, ele sabe como se safar. Estas paredes não medem nada, não são capazes de condenar Joca por um crime.

— E aquela foto sobre a privada?

— Que é que tem?

— Pendurar uma foto como aquela dentro de casa, qual a intenção?

— Terá alguma intenção?

— Claro que sim, Mário, chocar, esta é a intenção, e isso é o Joca. Desde pequeno, suas atitudes, seu silêncio, sempre querendo contrariar, agredir, a mãe, eu, todo mundo. Riza foi chamada na escola diversas vezes. Da primeira vez reclamaram que ele, durante o recreio, não fazia nada a não ser ficar encarando os outros meninos. Não queria jogar futebol, não falava, só olhava de um jeito estranho os outros meninos. Os pais desses meninos souberam de alguma coisa e foram à diretoria. Insinuaram que Joca... e pediram que ele saísse da escola. Riza ficou revoltada, não havia provas, ninguém disse nada de concreto, mas não importava, eles não queriam mais Joca na escola. Tivemos de mudá-lo de escola mas, mesmo assim, seu comportamento era criticado, a psicóloga vivia chamando Riza, se preocupava com ele, sempre muito quieto, num canto, e Riza lhe contou que o pai havia se enforcado, e a moça tentou arrancar de Joca: ele não dizia nada, e ela perguntava, o que sentia de ter visto o pai assim, e ele não respondia nada, nada! E colocou um brinco na orelha esquerda, e mais outro, e a psicóloga chamou de novo Riza na escola, interpretando as atitudes, dizendo que ele queria ser diferente, maneira de chamar a atenção. Joca sempre foi um sujeito difícil. Eu, na minha posição, ficava tentando entender. Em momentos eu achei que seu comportamento não tinha nada a ver com o enforcamento do pai, que Joca era assim, um caráter difuso. Tentei mostrar isso a Riza, mas ela não conseguia ver as coisas sob este prisma, insiste em dizer que eu não sei, eu não vi a cena, do pai enforcado no lustre do quarto do Joca. É claro que eu entendo, para Riza este fato condiciona Joca a ser desse jeito. Sei lá, eu tenho outro feeling, mas não me acho no direito de falar muito sobre esse assunto. Eu não vi nada, eu não conheci o pai do Joca. Minto, eu o vi uma vez. Ele foi buscar Riza na faculdade: era alto, um tipo meio claro, cabelos louros, olhos claros, Joca não tem nada dele.

— Ih, não tem nada a ver, o meu lindinho não é alto e o cabelo, sabe, né, seu Luiz, cabelo mesmo ele prefere não ter, mas quando cresce um pouquinho, a gente vê que é preto.

— Mas, Mário, você diz que Joca te mandou aqui para pegar algumas coisas.

— É, ele pediu que eu viesse.

— Pegar o quê? Hein, Mário, o que Joca pediu para você pegar? O que é que foi? Você não quer me contar?

— Por que eu iria te contar, ô cara? Joca não vai gostar de saber que você está aqui xeretando as coisas dele. Ele pediu, sim, que eu viesse, e me pediu do jeito que eu sei, o jeito dele, de não querer dizer nada, contar nada. Ele me pediu que eu viesse, pegasse algumas coisas e guardasse comigo. Eu não perguntei o que tem nessas coisas, se ele não me conta eu não pergunto. Com ele sempre fui assim, ele pode me pedir o que quiser, eu faço, sem querer saber por que ele quer. Não me interessa saber o que o Joca quer, ele sabe bem o que ele quer, o que ele deve fazer. Ele me pediu coisas, mas eu não tenho de dizer que coisas ele pediu.

— Você parece maluco, Mário, não é hora de ficarmos confabulando sobre o que o Joca quer, que ele não vai gostar de saber que estamos nos metendo na casa dele. Ele não tem de opinar, ele não tem dimensão do que ele está passando, e parece que você esquece, tem lapsos, esquece que temos de nos unir para tirar, livrar o Joca dessa acusação. Tudo que eu sei sobre ele eu tenho de dizer para você, para Eterna. No momento, todas as informações são necessárias. Precisamos pensar juntos, agir juntos para ajudar o Joca. Dizer o que ele te pediu, ele pediu que você tirasse coisas do apartamento, coisas que a polícia não pode saber que ele tem. Você tem de nos contar, eu não sou da polícia, parece que você ainda não se convenceu disto. Eu sou da família, eu sou padrasto do Joca, eu tenho por Joca um sentimento, um sentimento de precisar olhar por ele. Eu não o vejo há muito tempo, desde que ele brigou com a mãe. Comigo ele nunca brigou, eu posso dizer que comigo ele não brigava, eu não queria brigar com ele, eu sabia bem o meu lugar. Eu não sou pai, eu nunca fui pai e por não ser pai de Joca, sabendo ser Joca quem é, eu nunca me meti, nunca ele ouviu de mim palavra que pudesse fazer ele pensar que eu estivesse contra ele. Eu me mantive calado, em muitos momentos eu senti que meu silêncio falava mais alto. Riza não, Riza ficava alterada, eu não agüento, ele não me conta nada, eu não consigo saber nada da vida dele, ela nervosa, ele fingindo não escutar o que ela dizia, até mais tarde, e saía fechando a porta, sem deixar a porta bater. Das vezes que ele deixou a porta bater, Riza foi atrás, abriu, deixando os vizinhos escutarem ela dizer que ele não podia fazer assim com ela, até o elevador chegar, ele entrar, sem se importar de ver a mãe assim. Eu preferia ficar em silêncio. Eu sei que o Joca não tem o que falar. De mim ele não tem o que falar. É preciso que você entenda, Mário, o que eu tenho pelo Joca. Confie em mim, eu preciso de você, que você me mostre o Joca que você conhece. Precisamos nos armar de argumentos. Se houver julgamento, nós seremos chamados a depor e precisamos ter posições firmes, ter segurança de dizer que Joca não é culpado. Se ele pediu que você viesse, tirasse coisas, eu preciso saber que coisas são essas. Veja bem, eu conheço a justiça americana e tenho medo. Você confia na inteligência de Joca e acha que isto basta para desbancá-los. Não é assim, eles são cobras, serpentes, sabem usar a palavra, manipulá-la. Eu temo pelo Joca, ele não é de falar, nega a palavra, nunca pensou que a palavra pudesse ser sua aliada. Num tribunal, ela é tudo, é pelo uso da palavra que se acusa, defende, condena. Eu temo pelo que o Joca possa dizer.

— Ô cara, você teme demais, você teme o tempo todo. Você é de uma geração de perseguidos, perseguidos pelo sistema, pela censura, por tudo. Não tem mais essa, ô cara, não há mais esse poder, pelo contrário, a justiça está cada vez mais enfraquecida, não consegue se impor, não consegue manter ninguém preso. Ela mesmo se retrai, cai numa rede, se deixa levar, não sabe por onde ir. Medo: só você, Luiz, tem medo.

— É isso aí, Mário, a gente não tem de ter medo. Meu lindinho é muito inteligente, e eu vou pedir, os santos vão iluminar as idéias do meu lindinho. Uma coisa que Joca não sente é medo. Ô homem corajoso. Sabe, teve uma vez que a polícia veio aqui, eu estava na sala quando eles tocaram a campainha da porta e Joca abriu. Somos da polícia: dois homens fortes, um era preto que nem eu. Pois não, em que posso ajudá-los? Joca perguntou numa delicadeza que os homens ficaram ainda parados, um olhou para a cara do outro, até que entregaram uma carta e eu só ouvi o Joca perguntar, não estou entendendo, do que se trata? E o polícia branco disse que na delegacia ele saberia. E ele foi. Nossa, eu fiquei apavorada, enquanto o Joca não chegou eu não sosseguei. E ele demorou. Mas voltou e, quando chegou, eu tive de perguntar o que tinha acontecido e Joca contou na maior tranqüilidade: ele estava na sua moto com o Quintino, amigo dele que eu não conheço. Dois policiais passaram de carro e fizeram eles pararem. Joca parou. Revistaram o Joca e não acharam nada, revistaram Quintino e não acharam nada, assim Joca contou. Aí, os policiais mandaram Quintino abaixar as calças, só o Quintino que é preto, Joca não, Joca eles deixaram em paz. O Quintino abaixou as calças e o Joca contou que eles ficaram rindo, dizendo que o pau dele era pequeno e Joca ouvindo, vendo o outro ser humilhado. Joca deu nos polícias, não quis nem saber, bateu neles. E olha, ele é faixa preta em jiujítsu e judô, sabia, seu Luiz? os homens devem ter apanhado. O problema é que eles tinham a placa da moto do Joca, por isso conseguiram chegar até aqui. Mas o Joca é muito corajoso, saiu de casa sem medo, foi lá no delegado, o delegado disse que ele desacatou as autoridades. Joca chamou seu advogado — ele disse que ele só fala com o advogado ali — e acusou os policiais de discriminação racial. Parece que ele teve de pagar alguma coisa, não sei bem, por ter batido nos polícias. Mas olha que coragem! Fez ele muito bem, esses polícias acham que podem tudo, pensam que são alguma coisa. Só porque o tal do Quintino é preto acham que podem fazer essas coisas. Já viu quanta humilhação você ter de tirar as calças no meio da rua? Polícia branco tem ódio de preto, faz de tudo pra sacanear o preto. Joca foi lá e enfrentou. Ele não tem medo não, seu Luiz, se existe uma coisa que o Joca não tem é medo.

— Certo, Eterna, mas a situação agora é outra, houve um crime, uma mulher americana foi morta. Ela tinha contato com o Joca. Sabe-se que ela trabalhava com software. Tudo deve estar no arquivo do computador dela. A polícia americana logo descobre a senha dela e vai poder entrar em todas as chaves. Temos de temer, temer sim. O computador é uma arma, e Joca, pelo que você conta, Mário, sabe usá-la muito bem. Eu vou ligar o computador, é hora de sabermos como ele usa este computador.

Documentos, temos de ir aos documentos: Wmg, Ksw, Astral, Mf2, Gp1, NY3, TR1, XD1, XD2, XD3, JR1, JR2, JR3, JR4, JR5, JR6. Tem muita coisa e nós teremos de abrir tudo isso. Você tem a senha dele?

— Quem, eu? Não... claro que não. E você acha que o Joca iria deixar suas coisas em aberto?

— Para ter acesso rápido, sim. Sendo o único usuário, não vejo por que trancar todas as coisas.

— Então, tente.

— É... nada feito. Tínhamos de conseguir.

— Que barulhinho esquisito é este tocando?

— É meu celular. Deve ser Riza. Oi, meu amor, tudo bem? Tudo andando. Não, ele ainda está detido. Eu vim para o apartamento dele colher certas coisas enquanto a polícia não consegue a autorização para fazer a busca. É, tudo indica que sim. Mas, por enquanto, não. O advogado acha que vai conseguir, mas eu sinceramente estou apreensivo. A justiça americana entrando no circuito, a coisa muda, você bem sabe disso. O quê? Não, eu nem estive com o Joca, estive com o advogado e ele me deu a chave do apartamento, pediu que eu viesse imediatamente. Chegando aqui encontrei com um amigo do Joca e Eterna, a mulher que cuida desta casa. Não, não é bem isso, ela não é casada com o Joca, depois eu te explico. Ô querida, eu ia te dar notícia mais tarde. É que estamos aqui fazendo uma análise dos pertences do Joca, averiguando o que deve ser retirado. O negócio é trabalhoso. Tenho medo, quero avaliar tudo, não devemos deixar nada que possa comprometê-lo. Ah, sei. Depois falamos a respeito disso. Capaz de eu virar a noite aqui dentro. Não espere eu ligar. Caso queira, me ligue porque eu estou muito tomado aqui. Prefiro te ligar quando eu chegar à casa do Edgar. Um beijo enorme, bye.

— Com quem você estava falando?

— Era Riza.

— Onde ela está?

— Em São Francisco.

— Onde é isto?

— Nos Estados Unidos.

— Cruzes! E ela está lá? Esta tal de Riza, mãe do Joca, está nos Estados Unidos, ela não veio?

— Não, Eterna.

— O que ela queria? Saber notícias do filho?

— Ah, é? Ela está realmente interessada no que venha a acontecer com o Joca?

— Ô Mário, não seja cruel, ela é mãe do Joca, sentimento de mãe, você não sabe o que é isto.

— Não sei mesmo, para mim, é um sentimento como outro qualquer, sujeito a raiva, ao ódio. Eu não sei nada sobre Riza, eu não sei nada sobre a relação de Joca com a mãe dele, ele nunca falou. Mas, pelo que você conta, ela não tem por ele nenhuma afinidade, o que condiciona o desejo de gostar do outro. Portanto, não entendo quando você diz com simplicidade "ela é mãe do Joca", e daí? Você mesmo disse que ela não quis vir, tem raiva do Joca por ele ter sumido totalmente, qual é esse interesse agora?

— O que eu quero dizer é que sentimento de mãe é diferente, haja o que houver, seja qual for o destino escolhido pelo filho, há o instinto natural de protegê-lo.

— Ah, que belo discurso! "Mãe é mãe", o velho clichê. Nenhum amor é eterno, ô cara, se não há correspondência, se dilui. Esta tal de Riza ligou para saber de você, saber como você está agindo, se você está correndo algum risco. O negócio é com você, você é homem dela, você, sim, ela tem medo de perder. Duvido que ela esteja torcendo pela absolvição do Joca. Mãe magoada é a pior coisa, eu sei disso, minha mãe também não entendeu minhas opções de vida, estamos a milhões de anos-luz, durante muito tempo eu fui um entrave na vida dela, "o desgosto". Agora, está mais tranqüilo, tem vezes que eu ligo, pergunto por ela, mas é mera formalidade. Não vem com essa, ô cara, tem mãe que, a uma altura da vida, quer mais é se ver livre daquele filho, quer mais é que ele morra. Ter um filho que a rejeita, que some e ainda é acusado de um crime... não sei como está este "sentimento de mãe" dessa tal de Riza.

— Olha aqui, Mário, continuar esta discussão não vai nos levar a nada. Se Riza quer ou não quer salvar o Joca... o fato é que eu quero, eu estou aqui para tentar livrar Joca desta acusação e creio que você também está empenhado nisso. Temos de tentar descobrir o que há nesses arquivos, pensar no que faremos com eles. Você tem idéia de como a justiça americana funciona? Eles são diabólicos, perversos. Um amigo meu, escrevendo uma tese sobre tecnologia de espionagem, fez uma visita à CIA e, logo que chegou, um funcionário começou a brincar com ele, dando informações sobre sua vida particular, a escola que ele tinha estudado na infância, até as páginas da internet que ele havia acessado para sua pesquisa. Eles sabem de tudo! Eles gravam as ligações telefônicas, tudo está sob absoluto controle. Eu tenho medo. Não sei se devemos detonar esses arquivos do Joca.

— Não, eu não faria isto, acho que não é necessário. Não, ele não está preocupado com o que ele tem dentro deste HD. A preocupação dele não é esta.

— Como assim?

— Ele me pediu que viesse aqui, ele tem um material, é este que ele não quer que conheçam.

— E onde está isto?

— Escondido. Os backups estão enrolados dentro de três cuecas no seu armário. Lá dentro também tem um palmtop da Hewlett-Packard com rastreador celular, ele quer que o leve, esconda na minha casa.

— Na sua casa? Que ingenuidade, Mário! Você acha que não vai ser revistado? Todos nós estamos condenados à CIA. Se ele não quer que tenham acesso a esse material, temos de pensar em outra solução.

— Deixa eu ver se estou entendendo o que vocês estão falando: você está dizendo que o Joca mandou você pegar um negócio que ele tem de esconder?

— É... é mais ou menos isso, Eterna.

— E vocês não têm onde esconder?

— Não. Não há lugar que a gente sinta segurança de não ter o assédio da CIA.

— Que negócio é este, CIA?

— É um órgão americano de investigação poderosíssimo. Através das informações colhidas pela CIA, a justiça americana condena, absolve, mata.

— Matar? Matar o meu lindinho? Ah, isso não vão conseguir. Sabe onde a gente pode guardar este material? No Centro Espírita da dona Jurema. Lá ninguém vai ou, mesmo se for, ninguém vai conseguir pegar esses negócios, os santos não vão deixar. Deixa comigo, eu levo lá, eles sabem onde proteger, como proteger o meu Joca. Se o meu lindinho precisa que se cuide desse negócio, se isso tem valor para ele, pode deixar, os santos vão dar um jeito, eu vou conversar com eles, eles vão entender, eles vão saber como ajudar, fique tranqüilo, seu Luiz.

— Mas você sabe exatamente o que tem neste palmtop, Mário?

— Não, não sei, ele não me disse, eu não perguntei. Mas, se ele pediu isso, se isso está escondido da maneira como escondeu, é porque é muito valioso. E ele precisa disso, ele não quer detonar, deve ter informações preciosas.

— Caramba, isto é sério. Muito sério. Que motivo teria Joca para esconder algo da polícia? Alguma coisa há. Alguma coisa ele anda fazendo. Tem certeza de que você nem faz idéia do que seja, Mário?

— Sinceramente, não sei te dizer. Podemos pensar em muitas coisas.

— O que, por exemplo?

— Calma, Luiz, estou confuso, me deixa pensar.

— Pense no que vocês conversam, você deve ter alguma pista do que ele tem feito, do que quer fazer. Você não é amigo dele? Você tem de saber no que o Joca andou se metendo.

— Joca não fala sobre as coisas dele.

— Eu sei que o Joca não fala, mas você tem de saber. Se você o conhece, você tem de saber alguma coisa! Eu não acredito que você seja alheio ao ponto de não se interessar pelos trabalhos do Joca.

— Ih, qual é, Luiz, tá nervoso? Não fala assim comigo não.

— Eu estou nervoso sim, tenho de estar. Joca está detido, nós estamos aqui, tentando tirar coisas que venham a comprometê-lo, estamos aqui para aliviar a barra do Joca. E você só agora vem revelar que ele te pediu que viesse para levar um determinado material. Eu tenho de estar nervoso, o que você acha? Nós temos pouco tempo, Mário, pouquíssimo. O advogado me pediu que viesse imediatamente ao apartamento. Se ele me pediu isto, é porque o tempo é curto, nós temos de agir rápido. Esse material que Joca te pediu, tá na cara que tem o que nós precisamos saber, e você vem dizer de maneira displicente que não sabe nada!

— Displicente não, ô cara, eu não sei! Você parece que não entende, mas minha relação com o Joca implica termos respeito absoluto um pelo outro. Ô cara, o que eu mais tenho pelo Joca é respeito e confiança. Eu confio nele, no que ele faz. Tem vezes que ele me conta coisas, tem vezes que não. E, se não conta, é porque ele não quer que eu saiba. Ele só pediu que eu viesse pegar esse material e esconder. Não me disse o que era e eu não tenho o direito de perguntar. Não é porque ele está detido que eu vou me aproveitar da fragilidade dele, ouviu? Nunca! Ele deve, sim, estar se metendo em alguma coisa, mas pode ter certeza de que não é merda, é coisa séria e de valor. O Joca não brinca, ouviu?

— Meninos, vamos acalmar os nervos? Não é hora de vocês ficarem brigando. Vamos pegar logo as coisas que ele pediu e eu vou levar lá pro Centro. Aí não tem erro, ninguém vai pegar nisso. Aí, quando ele sair da prisão, ele conta. Não é hora de a gente saber do que se trata, a gente tem de salvar o meu lindinho, tirar ele logo deste aperto. Onde é que está o negócio? Dentro de três cuecas? Eu vou lá pegar.

— Olha aqui, Mário, é claro que nesses disquetes deve haver algo muito importante, capaz de comprometer o Joca ou alguém mais. Temos de descobrir um meio de abrir esses disquetes. O seu conteúdo pode ser valioso para a defesa de Joca, você entende?

— Pode ser, mas como vamos fazer isso?

— Você tem computador em casa?

— Tenho.

— Então vamos tentar lá.

— E o palmtop?

— Ah, é mesmo, tem o palmtop com rastreador de celular. Será que o Joca está na gangue de infratores de celular? Isso dá prisão. Nos Estados Unidos, é crime. De novo? É meu celular tocando. Olá! Bom você ligar. Estou. Encontrei muitas coisas. Estou aqui com o Mário, um amigo de Joca, e Eterna. Ah, você sabe. Você está vindo? Ótimo, temos muito o que conversar. Estarei te esperando, um abraço. Era o advogado de Joca, doutor João Guimarães. Ele está saindo da delegacia e vindo para cá. É dessa ajuda que nós estamos precisando.

— Advogado do Joca? Ele deve estar trazendo o meu lindinho com ele, ele não disse mas eu sei. O meu lindinho quer fazer uma surpresa, esse tal seu João Guimarães conseguiu tirar o Joca desse aperto.

— Calma, Eterna, não é bem assim. Ele não vem com o Joca.

— E o que ele vem fazer aqui?

— Bem, Mário, espero que nos traga novidades para podermos nos orientar.

— Então você acha que devemos esperá-lo antes de decidir qualquer coisa a respeito dos disquetes?
— Sim.
— Será que Joca lhe falou desse assunto?
— Acredito que sim, Mário. Se Joca o tem como advogado de defesa, tem de lhe expor todos os dados.
— É muito longe essa delegacia?
— É longe, Eterna, mas ele já estava a caminho, não deve demorar muito.
— Ai, meu pai-de-santo, tô ficando nervosa. O que será que ele vem dizer do meu Joca? Será que ele não conseguiu soltar o meu lindinho?
— Não sei, Eterna, vamos esperá-lo. Notícias vêm e nós temos de nos preparar. O caso não é simples, o doutor João sabe disso. Eu não o conheço muito mas, pelas suas interferências até agora, estou confiante. Ele me parece bastante experiente, embora tenha falado que o fato de a vítima ser americana dificulta um pouco.
— E o que faremos agora? Esperamos ele chegar? E os disquetes? Temos de ser rápidos, não é isto, Luiz?
— É... mas agora eu tenho de falar com o advogado, saber como está a situação. Ele deve estar chegando.
— A campainha. É ele.
— Olá doutor João, entre. Esta é Eterna.
— Conheço de nome.
— Mário.
— Como vai, Mário. Bom, deixe eu sentar. Estou muito cansado.
— O senhor quer um copo d'água? Ou prefere uma cerveja? Tem cerveja na geladeira se vocês quiserem.
— Não, no momento eu preciso de uma água.

— E então, doutor João, como estamos?
— Meu caro, o caso não é simples. A situação não está clara e eu gostaria de conversar com vocês para esclarecer alguns pontos. A embaixada americana acionou imediatamente todos os órgãos ligados ao Departamento de Justiça americano, ouçam só a lista: Interpol, U.S. Marshall Service, Drug Enforcement Administration, U.S. Immigration and Naturalization Service, U.S. Secret Service, U.S. Information Agency, FBI, CIA. Imaginem, cada órgão com profissionais que têm como base para o trabalho de investigação a rapidez, a meta de chegar a resultados imediatamente. Esses profissionais, quando são avaliados para assumir essa função, sabem que para desvendar um caso é necessário total dedicação, trabalham noite e dia. Ao serem acionados, o lema é a ação imediata. Cada órgão enviou um profissional para investigar de perto a vida de Kate. Ao descobrirem os e-mails de Joca, foram fundo. Bem verdade que o nosso órgão de investigação é muito mais precário que o deles, mesmo assim conseguiram ajudar, e de uma hora para outra conseguiram levantar um processo surpreendente em relação à pessoa do Joca. Resultado: em menos de 72 horas eles tiveram acesso a várias pessoas, que foram convocadas a dar depoimentos.
— Quem?
— Todo tipo de gente: professora do ginásio, chefe da empresa onde ele trabalha, irmão do pai de Joca, enfim. A situação não é das melhores, eles estão muito inclinados a achar que o Joca realmente tem envolvimento com o crime, pelo tipo de personalidade que está sendo deli-

neada através destes depoimentos. Eu gostaria de ler estes depoimentos para vocês para ter suas opiniões.

— Olha aqui, doutor João, eu nem preciso ouvir o que essas pessoas estão dizendo do meu lindinho. Eu sei quem ele é, eu sei que ele não matou essa moça, essa americana. Ele não é o que estão pensando, isto é coisa de Exu, o santo da maldade, da calúnia, do veneno. Exu é capaz de alimentar um grupo grande de gente com idéias ruins. Eu não quero nem ouvir o que esse povo diz do meu Joca, eu quero é que o senhor me diga se o senhor vai conseguir livrar o Joca, quando ele vai voltar para esta casa, a nossa casa. É aqui o seu canto, o canto em que ele se sente bem. Ele é um homem que gosta de ficar em casa, metido com as coisinhas dele: seus filmes, seus computadores, seus desenhos, seu sax. Ele não tem maldade, maldade vem na pessoa, e pessoa que tem maldade, aí sim, é capaz de tudo, de até tirar uma vida. O Joca, não, ele não tem maldade, isso a mulher sabe. A mulher, quando vai com o homem, quando ela tem ele ali, na hora das intimidades, ela sabe. A gente sabe quando o homem tem o mal. Eu posso dizer isso porque eu venho de um mundo onde tem homem, homem de todo jeito, homem que tem maldade, homem que, se não nasceu com maldade, tem o ódio, desenvolveu o ódio. O ódio se ganha na vida. Vem da injustiça, de ter de agüentar a miséria, sendo massacrado porque é pobre ou por ser preto. Esta injustiça faz o ódio. E o ódio cresce, vai crescendo. E quando você deita com um homem que tem o ódio, a gente que é mulher sente. Eles falam trincando os dentes, eles soltam uma fúria, que a gente que é mulher sabe. O Joca não é desses homens, nem usar os dentes ele usa, ele prefere a língua, lambe a orelha, o pescoço, o bico do peito. O sovaco. Raro é o homem que lambe o sovaco, sente aquele cheiro e entra no cheiro da gente e faz a gente ser mais mulher, mulher até não agüentar mais. Ele sabe fazer, de uma mulher, uma mulher de verdade. Homem nenhum me fez como ele fez. Até eu ter o Joca, eu não sabia que no nosso corpo tem essa força que toma a gente, que vira a gente. Homem que faz isso não é de maldade, nem de ódio. Isso do Joca você tem de saber.

— Eu quero saber disso e de tudo que você puder contar do Joca, Eterna. Mas eu gostaria que você ouvisse o que essas pessoas pensam do Joca, é importante você conhecer. Todos vocês aqui têm dados para contribuir com a minha defesa, eu preciso colher dados, eu preciso me armar muito bem para enfrentar esses profissionais americanos. A justiça americana é diabólica. Quando desenvolvem uma linha de pensamento, ficam submetidos a ela, insistindo numa verdade que muitas vezes não existe. Mas eles se nutrem de argumentações, cavam provas que reforcem as premissas em que estão se baseando. Sabemos de casos em que houve erro de julgamento. O massacre dos inocentes de Waco, uma comunidade liderada pelo religioso David Koresh, atacada pelos agentes do governo americano em 1993, por exemplo. Acusaram este líder de uma série de crimes não comprovados. Esse é meu medo. A justiça americana, ao se convencer de que aquele sujeito é um cidadão indesejado, é capaz de provar o crime e conduzir o acusado, se preciso, à pena de morte. Eles não fazem por menos, vocês sabem, eles têm a pena de morte. No caso dessa moça, é claro que os americanos desconfiam de um envolvimento com uma organização internacional: drogas, terrorismo, ou com hackers, capazes de atuar em esquemas da economia internacional. Sendo assim, estamos envolvidos com a U.S. Intelligence Community, cuja prática consiste em colher e interpretar informações sobre atividades secretas de organizações estrangeiras que venham comprometer o governo americano. E aí a coisa é séria, são diversos órgãos especializadíssimos, com pessoas altamente qualificadas entre cientistas, médicos, psiquiatras, especialistas em computadores etc., para dar cabo daquele crime, para desvendarem a organização. São catorze departamentos ligados a esta Intelligence Community, dentre eles existem os que vocês com certeza já conhecem: CIA, FBI, NSA, DIA. Nós, no Brasil, não temos nada semelhante. A polícia brasileira, seja civil ou militar, não tem nenhuma tradição em investigação. Ainda segue os métodos usados na época da repressão, quando foram criados o DOPS, o SNI, que serviam à ditadura militar apoiados pelo governo americano. Mas não podemos considerar que o tipo de trabalho que faziam tenha semelhança com a estrutura montada por uma CIA ou FBI. O SNI foi extinto e o que temos hoje em dia são esquemas de investigação da Polícia Militar e da Polícia Civil. E vocês sabem, vocês conhecem o nível da equipe que trabalha para a polícia. Enquanto na América existe a preocupação de entender a psicologia do acusado, decifrar o porquê de aquele indivíduo estar cometendo um ato desviante, aqui, dependendo do nível social do acusado, se tomam dois caminhos: se o sujeito é de classe social mais elevada, tomam-se depoimentos, tenta-se encontrar provas e, conforme o encaminhamento, vai ao tribunal ou não; se o sujeito é pobre, aí não tem outra, torturam o sujeito, psicologicamente e corporalmente, até confessar a acusação. Obviamente, no caso de Joca, por ele se enquadrar no primeiro caso, eles procurarão fazer valer o cumprimento da lei. Resta saber de que forma.

— Bem, mas... Doutor João, você falou em pena de morte... Este risco Joca não corre, não é? Por mais que a justiça americana venha interferir no processo, ela pode apenas contribuir na investigação, mas, quanto ao tipo de pena, terá de estar associado às leis da justiça brasileira.

— Depende, Luiz, se o caso envolver organizações internacionais, a coisa pode ter outro rumo.

— Mas Joca é um cidadão brasileiro.

— Sim, Luiz, mas hoje em dia isto não garante tanto quanto se pensa. Como exemplo, o caso do Pinochet, cidadão chileno, preso na Inglaterra, submetido ao tribunal inglês. A globalização, a famosa globalização, também agindo nas questões jurídicas. E nesse ponto temos de considerar o poder americano, mais uma vez o poder americano. No auge da guerra fria, aos americanos interessava ter ditadores na América Latina, o que garantia o controle sobre as dissidências ideológicas dos países. Essa "filosofia da globalização" sem dúvida vem se transformando numa peça essencial da economia política deste final de milênio, cujo encaminhamento é atender aos interesses da economia americana. Portanto, quem garante que, dentro dessa visão de "globalização", o governo americano não crie justificativas legais, jurídicas, para, se for o caso, levar o Joca a ser julgado nos tribunais americanos?

— Será possível?

— Caro Luiz, eu não posso te garantir nada. Dessa vez o meu cliente me colocou numa situação inédita. O caso não é simples, Joca está envolvido numa trama extremamente complexa, talvez ele nem imaginasse o vulto que está tomando. E meu papel é defendê-lo. Só que eu terei duas linhas de atuação: a primeira, provar que Joca não é culpado do crime da senhorita Kate, e a segunda, livrá-lo do envolvimento com qualquer organização em que essa americana estivesse metida.

— Ai, meu padrinho pai-de-santo, eu não estou entendendo nada.

— Você vai entender, Eterna, você vai entender. Por isso eu quero ler para vocês os depoimentos que chegaram às minhas mãos. Eles podem nos dar uma direção.

— Ai, meu santo, isso está muito complicado, eu não quero saber de nada, eu quero é meu lindinho de volta, livre, solto, comigo de novo. Não, não dá para acreditar, meu lindinho preso!

— Calma, Eterna, ele não está preso da maneira como você imagina. Ele foi detido para dar declarações, mas tiveram de mantê-lo detido por mais tempo por uma exigência do consulado americano. Mas por enquanto eles estão lidando com suposições. Se não houver provas mais concretas, eles o soltarão, ficará em liberdade condicional. Só que isso não alivia o problema, pelo contrário: liberdade condicional, para os americanos, significa liberdade vigiada, o que é um perigo. Mas, enfim, eu quero ler para vocês este material. Primeiro lerei o laudo sobre o cadáver da senhorita Kate e depois os depoimentos.

O LAUDO DA PERÍCIA

Hoje, 13 de dezembro de 1998, nós, doutores M. F. Rocha e André Géo, peritos-legistas do Departamento de Polícia Técnica e Científica do Instituto Médico-Legal Afrânio Peixoto, no Rio de Janeiro, chegamos à casa da senhorita Kate Burgison, à Rua Timóteo da Costa nº 45, apartamento 202, às 14:00, por requisição do senhor juiz promotor da justiça civil.

Chegando ao local, encontramos o cadáver da senhorita Kate pendurado numa corda de algodão no ventilador de teto de um quarto com uma mesa encostada na parede, onde se encontra um computador. Nas janelas fechadas, uma cortina de tom azul veda totalmente a claridade e a vista para o apartamento do bloco em frente. O corpo da senhorita Kate, pendurado da maneira descrita acima e com a língua pendurada em projeção, possui as duas mãos mutiladas na altura dos pulsos, descartando a hipótese de suicídio, já que a vítima não conseguiria cortar sozinha as duas mãos. Vestindo uma calça de jeans, os pés sem meias, tem a camisa de malha amarela com pequenas manchas de sangue. No chão, na direção do corpo, mais especificamente na direção dos pulsos, encontramos poças de sangue. A princípio, pela consistência deste sangue, podemos considerar que a morte, o crime havia sido cometido já, no mínimo, há 24 horas. O apartamento encontra-se arrumado, não ten-

do sido constatado sinal de destruição de nenhum elemento. Foi-nos apresentado pelos peritos policiais um saco plástico com, aproximadamente, dois quilos de cocaína, encontrados no local, o que nos exige um parecer a respeito da droga quando realizarmos a necropsia.

O corpo foi retirado e transportado para o Instituto Médico-Legal para que fosse realizada a necropsia, já com a autorização do consulado americano.

— Acho importante eu ler o relatório da necropsia para vocês, nele temos dados sobre quem foi essa senhorita Kate.

Relatório da necropsia

Cadáver de uma mulher branca em bom estado de nutrição, medindo 1,67m de estatura e com 47 anos de idade em vida.

Está em rigidez universal e mostra livores de hipostase de cor violácea localizados nas partes posteriores do corpo.

O couro cabeludo sem lesões dá implante a cabelos curtos lisos bem cuidados de cor preta.

As pálpebras estão cerradas, os globos oculares têm córneas transparentes, íris azulada, pupilas dilatadas, conjuntivas lisas úmidas e esbranquiçadas.

Os orifícios naturais da face estão tamponados por algodão hospitalar e, ao serem retirados, dão saída a secreção espumosa e rosada.

Lábios com pequena lesão, apresentando equimose junto ao lábio superior à direita. Mucosas gengivais sem lesões.

Os dentes são naturais e bem conservados.
O pescoço mostra equimose em toda sua circunferência e não permite movimentação.
Pequenas equimoses na face, devido a hipertensão venosa facial, provocada pela rotura de pequenos vasos.
O tórax mostra mamas femininas fisiologicamente desenvolvidas e a digitopressão dos mamilos não surde secreção insólita.

— Gente, que coisa complicada! Eu não estou entendendo bem.
— São termos técnicos, Eterna. Continue, doutor João.

Os membros superiores mostram feridas puntifórmias envoltas em halo equimótico localizadas em áreas de punção venosa; os pulsos apresentam ruptura incisiva feita com contundente material, que amputou ambas as mãos; não foram encontradas as mãos.
Abdome sem lesões.
Genitália feminina sem lesões, hímen com rupturas totais cicatrizadas. Não foi encontrado esperma na fenda vaginal.
Ânus relaxado sem lesões.
Membros inferiores sem lesões.

Exame interno

Incisão bimastóide com rebatimento dos retalhos do couro cabeludo que não mostram lesão.
Musculatura temporal íntegra.
Por meio de um fino traço de serra de Striker, retiramos a calota craniana, dando visão a dura-máter de cor

azulada. Vê-se o cérebro com aspectos normais. Retirado o cerebelo por secção de seus pedúnculos médios e abertos os lóbulos, vê-se área íntegra.

— Cruzes! Não quero ouvir isto não.
— Vocês preferem que eu leia direto a conclusão?
— Não, doutor João, continue, acho muito interessante.

Órgãos da boca e pescoço

Incisão submentofúrcula com exposição da musculatura supra e infra-hióide.

Retirada em bloco da língua, faringe e traquéia mostra lesões das cartilagens pares e ímpares da laringe e da fenda glótica.

Osso hióide fraturado, vasos carotídios e jugulares com lesões.

Coluna cervical com fratura nas vértebras 1 e 2.

Cavidade torácica

Pulmões expandidos em suas cavidades, sendo vistas petéquias hemorrágicas de Tardieu e concentração de CO_2.

Retirados os mesmos por secção de seus hilos, dão saída a sangue escuro e fluido.

Pericárdio íntegro, aberto, dá visão ao coração de cor vermelha vinhosa sem lesões macroscópicas. As válvulas não apresentam lesões, cordoalhas de 1^a, 2^a e 3ª ordens estão normais, coronárias direita e esquerda sem lesões, miocárdio e endocárdio sem lesões.

Esôfago torácico sem lesões ou macropatologias.

Cavidade abdominal

Fígado, vesícula biliar, baço e pâncreas sem lesões.
Rins e supra-renais sem lesões macroscópicas. Ureteres prévios e bexiga com cerca de 10 ml de líquido amarelo de odor sui generis.
Útero presente, endométrio sem conteúdo insólito.
Ovários presentes sem lesões.

Conclusão

Pelo exposto fica demonstrado que a vítima teve morte por asfixia provocada por enforcamento. A provável resistência da vítima provocou fratura de duas vértebras da coluna cervical e algumas equimoses na face. Não foi detectada a ingestão de nenhuma droga ou corpo estranho. A vítima teve as mãos amputadas.

— Ai, que coisa horrorosa! Quando a gente morre é isso que eles fazem com o nosso corpo?
— Só em alguns casos, Eterna. Em caso de homicídio, geralmente, esta é a conduta.
— Virgem Maria, meu pai-de-santo, coitada da moça, coitadinha!
— Bem, agora eu queria que vocês prestassem atenção aos depoimentos.
— Espere um minuto, seu João, para eu passar um café, senão não dá para agüentar.
— Nós não temos muito tempo, Eterna.
— Deixa ela fazer, Luiz, vamos para a cozinha e eu continuo a leitura lá.

Marilena Soares, 53 anos, solteira, diretora da Escola Mário Prates, onde Joca estudou na infância.

Conheci Joca quando ele tinha dois anos. A mãe, senhora Riza Alves de Oliveira, matriculou a criança no maternal. O pai, só conheci pelo nome preenchido no formulário da matrícula, nunca veio à escola. O menino, cujo apelido era Joca, não teve uma adaptação muito fácil. Não queria responder as perguntas, os comandos da professora. No relatório feito pela professora e pela psicóloga que acompanhava a turma, temos a declarar que, no seu primeiro ano de vida escolar, demonstrou ser um menino extremamente introspectivo, com dificuldade no relacionamento social, muito resistente aos trabalhos em grupo. Quanto ao conhecimento cognitivo, percebia-se um interesse em executar os trabalhos de pintura, de coordenação motora. Sua fala, apesar de rara, correspondia ao vocabulário da sua faixa etária.

Durante os anos que passou na escola, causou estranheza a grande parte da equipe dos professores. Como aluno, ele estava num nível bem acima da média. Suas notas eram boas; em matemática, brilhante, tirando nota máxima inúmeras vezes. O que causava preocupação era seu comportamento. Todos os professores comentavam que Joca, durante as aulas, parecia ausente. Emanava um olhar de quem não estava participando. Era seu costume passar o período do recreio dentro da sala de aula, sozinho, lendo livros ou jogando um xadrez portátil que trazia consigo, seu companheiro. O que mais preocupava era a tendência ao isolamento. Não *era de cultivar amizades. Sabe-se que houve apenas um amigo a que Joca se dirigia para executar trabalhos, mesmo assim não o acompanhava nas idas ao pátio da escola, muito menos nas freqüentes partidas de futebol para os meninos. A conduta causava certa aversão dos meninos em relação a ele, embora fosse uma aversão que incutia certo respeito. Eles não mexiam com o Joca. Falavam dele entre si, eu sei, mas não mexiam com ele. Joca não deixava. A sua postura séria, rígida, repelia qualquer aproximação. Nós, professores e orientadores, observamos isto. A psicóloga chamou a mãe para falar, mas a conversa não foi boa. Pediu que Joca fosse a um especialista, alegando que tinha sintomas próximos ao autismo. A mãe reagiu, dizendo que a escola não compreendia seu filho. A psicóloga foi veemente. Na ocasião desta conversa, já havia ocorrido o suicídio do pai e ela apontou o fato como motivo suficiente para que se enquadrasse o menino como um tipo especial, necessitado de tratamento. Lembro que, dias depois, a mãe trouxe um diagnóstico do médico comprovando não haver nada de anormal, apenas uma disritmia ínfima, comum a qualquer ser humano. No final desse mesmo ano, aos catorze anos se não me engano, a mãe o tirou da escola.*

Muitos anos fiquei sem saber de Joca. Há dois anos, me surpreendi com uma foto de Joca numa reportagem a respeito da utilização do computador nas artes gráficas. A foto me chamou a atenção: ele tinha a cabeça raspada, um cavanhaque ralo, um tipo não convencional. Era este o Joca que eu havia conhecido.

— Bem, agora o depoimento do tio do Joca:

Sérgio Melo, 58 anos, economista, casado, residente à Rua Joaquim Nabuco, 98, apt. 401. Relação de parentesco: irmão do pai de Joca.

    Eu tenho o que falar do Joca. É meu sobrinho, filho de meu irmão. Preferia que não fosse. Preferia que não tivéssemos nenhuma ligação. Ele tem a idade de meu filho, estiveram juntos em algumas situações na infância, mas não me fazia bem. Joca tinha uma tendência agressiva. Vivia com umas luvas de boxe e queria dar no meu filho. Meu irmão não tomava atitude, inclusive sei que foi ele quem deu este presente para o Joca. Meu filho não era nenhum santo, mas não gostava de certas brincadeiras do Joca. Eles brigavam muito. E eu me abalava com isso. Eu não gosto de agressividade, tinha em mim que as crianças são tão ingênuas, sem maldade, e, no entanto, as atitudes do Joca contradiziam esse meu pensamento. Você já viu uma criança de cinco anos estrangular um pinto? Eu vi! Estávamos na fazenda do meu irmão: as crianças encantadas com os pintinhos e a galinha. De repente, este menino sai atrás de um, corre para pegá-lo e não consegue, o bicho escapava, escapava. Até que, num momento, o pinto ficou encurralado. O Joca pegou-o com as duas mãos, pequenas as mãos, e apertou o pescoço do bicho. A cara de ódio que eu vi, eu não esqueço. Meu irmão não fez nada. Impressionante! Meu irmão assistiu a este episódio, mas não fez nada. Era um homem muito pacato, de poucas reações. Tomava remédios que o deixavam muito passivo. Mas era necessário. Desde que sofreu o acidente em que morreram meus pais, estando ele ao volante, meu irmão ficou assim. Não tinha como não tomar remédios. E esse seu es-

tado impedia que tivesse reações quanto às atitudes do Joca. Mas, enfim, deste menino eu nunca gostei. Ele sempre foi muito estranho. O seu olhar é evasivo, sonso. Foi uma criança sonsa, quase não falava e de repente soltava uma palavra agressiva para minha esposa, para mim. Nunca respeitou ninguém. É, porque... bem, minha esposa insistia em convidá-lo para brincar com meu filho. Eu não achava bom, mas ela dizia que, como eram primos, tínhamos de manter esses laços. Até que houve a morte do meu irmão. Joca tinha seis anos. Foi suicídio, enforcamento. Eu me revoltei. Me revoltei pois sabia por que meu irmão tomara essa atitude. Estamos aqui para dizer a verdade, não é? Pois então. Tivemos uma conversa poucos antes de sua morte e ele me falou da dúvida de não ser o pai do Joca. Ele e Riza, a mãe do Joca, haviam tido uma briga feia e parece que ela falou certas coisas para ele. Ela casou grávida, ainda no início. Vocês sabem o que é, para um homem, ter a dúvida quanto à paternidade do filho? Ele se matou dois dias depois. Culpei a Riza, culpei sim, mas ela ficou impassível, não dizia nada, não afirmava nada. Chamei meu advogado, quis deserdar o menino, contei, havia desconfiança quanto à paternidade. Foi isto que enlouqueceu meu irmão. Mas o menino tem o nome dele, no registro é filho dele. Anos depois, eu quis fazer o exame de DNA. O corpo já tinha sido enterrado, portanto o exame de DNA teria de ser feito através da exumação do corpo, de amostras ósseas do cadáver. O advogado, no entanto, me explicou que não havia garantia de absoluto sucesso, visto que as amostras teriam de ser comparadas com o DNA dos pais do cadáver — já mortos — ou de pelo menos três irmãos.

Eu sou o único irmão. Além disso, eu teria de ter o DNA da criança para poder compará-lo caso essa operação fosse feita. Riza não autorizou. Claro que não autorizaria. Tentei de todos os jeitos, mas meu advogado me provou que nada poderia ser feito. Foi complicado, sabe, porque, ainda por cima, meu irmão estava em tratamento psiquiátrico quando morreu, o que dificultava ainda mais. Alegaram que ele havia tido um surto psicótico e pronto. Ninguém quis saber da história do DNA. E, depois disso, tirei da minha cabeça. Mas eu sei que Joca não é filho do meu irmão. Eu tinha eliminado este assunto da minha cabeça, mas, já que estou aqui, eu vou dizer: eu não confio nada em Riza. Acho, sim, que ela escondeu de meu irmão que o menino não era filho dele. Ela já estava grávida quando casou, Joca fisicamente não tem nada do meu irmão. Eu tenho certeza de que meu irmão descobriu a verdade dias antes da morte. Ele não agüentaria, é muita traição! Mas, enfim, eu, sabendo de tudo, não pude fazer nada. A herança ficou com eles, o advogado cuidou de tudo. Tudo como se o Joca fosse filho do meu irmão. Eu nunca mais vi Riza nem Joca. É isto que eu tenho para falar sobre este cara e, quem for um pouco sensível, vai perceber que Joca não é um cara normal. Sua história é complicada. Eu desconfio que ele pode ter feito sim. O que vocês estão desconfiados, ele fez.

— Este depoimento é surpreendente.
— Mas me deixem prosseguir, no final eu peço os comentários. Bom, o próximo é do chefe de Joca, senhor Oscar.

Oscar Rosemberg, 46 anos, divorciado, diretor-presidente da D.K.S, empresa de publicidade, residente à Rua Peri, 187.

Um sujeito brilhante. Conheci-o através de seu trabalho. Ele era autônomo. Logomarcas, sinalização de prédios, projetos gráficos de livros de arte, arquitetura, cinema, tudo tinha o nome do Joca. Quando ele começou a desenvolver homepages, a minha atenção em relação a ele redobrou. Um amigo comum com quem Joca trabalhava me levou a sua casa, onde vi que ele não estava de brincadeira, tinha um equipamento de primeira linha. É um expert em computador. O que você quiser, seja de computação gráfica, software, internet, ele entende. Desenvolve qualquer coisa. Eu não resisti, quis ter este sujeito do meu lado. Ele relutou em aceitar o meu convite. Até que fiz uma boa proposta, e ele cedeu. Veio trabalhar no meu escritório, trouxe competência, dedicação, sorte. Meus outros funcionários passaram a se dedicar mais às suas funções depois que Joca chegou. A sua postura séria, concentrada, afetou o comportamento de todo o grupo e eu só tive a lucrar com isso.

Eu sei que estou aqui porque Joca está sendo acusado de um crime. Uma americana foi morta e desconfiam de uma liga internacional via internet. Pegaram o Joca como suspeito, porque ele se enquadra num tipo físico, psicológico, que comporta até um criminoso. Mas eu, que o conheço, afirmo que isto é uma calúnia das mais sérias, isto é uma falta de capacidade de observar que pessoas como o Joca, cujo potencial, a inteligência estão acima, muita acima da média, atuam como uma ameaça. É inconcebível. Espero que a justiça brasileira não cometa a imprudência de deixar que Joca seja condenado. Nós, brasileiros, estamos acostumados a ter processos judiciais nunca consumados. Abrem-se CPIs sobre as mais diversas questões, mas, como dizem, tudo termina em pizza. No entanto, como o caso do Joca envolve a justiça americana, eu fico realmente apreensivo. Até que ponto haverá interesse em ter Joca como uma cobaia para tentar modificar a imagem que o sistema judicial brasileiro carrega: de uma justiça atrasada, ineficiente? No sistema judicial americano, tudo é feito para que a justiça seja rápida, possuem uma excelente estrutura de apoio, totalmente informatizada e com pessoal especializado e atualizado. Prazos curtos são estabelecidos e cumpridos.

No nosso caso, recursos infinitos prolongam indefinidamente os processos. Meu medo é que, pelo fato de estarem deparando com as exigências da justiça americana, a coisa aconteça de maneira atropelada, podendo até implicar uma condenação do Joca, simplesmente para apresentarem uma solução rápida.

Eu quero aqui deixar bem claro: eu vou usar de todas as minhas influências para esclarecer esta situação o mais rápido possível. Joca não pode ficar detido nem mais um instante. Isto tudo é um equívoco. E eu não vou deixar fazerem isto com o Joca.

— O Oscar dá de dez, cara, ele adora o Joca.
— Bem, o depoimento do síndico do prédio onde mora o Joca.
— Pronto, gente, o café está pronto.
— O meu é sem açúcar.

— O que, seu Luiz? Sem açúcar? Isto é coisa de americano?
— Pelo contrário, na América toma-se café fraco e doce. Eu sempre gostei de café forte, mesmo morando lá. E puro, gosto do gosto do café.
— E o seu, seu João?
— Duas colheres está bom.
— O do Mário eu já conheço. Toma.
— Falou, Eterna.
— Bem, continuando·

Gilberto Cunha, 68 anos, funcionário público, aposentado, casado, residente à Rua Aristides Espínola 68, apto. 102, onde atua como síndico do prédio.

Este rapaz, conhecido vulgarmente pelo nome de Joca, e que veio a ser meu vizinho há seis anos, nunca foi muito bem-visto pelos moradores do prédio, tendo sido avaliado como um sujeito estranho, mal-educado, pouco cumprimenta as pessoas. Não participa das reuniões e, como se não bastasse, possuía um lagarto como bicho de estimação, descendo as escadas do prédio com o bicho preso numa coleira, como se fosse muito normal, levando-o para passear na praia. Quanto a outras interferências, tenho a dizer que, nesse tempo, Joca nunca deu festas que viessem a incomodar a vizinhança. Salvo algumas vezes que, de madrugada, ouviu-se música muito alta vindo de sua residência. Foi motivo de interpelação da minha parte, mas, tenho de admitir, fui atendido. Quanto à foto da moça assassinada, realmente nunca foi vista em nossas imediações, meu funcionário responsável pela portaria está aqui para reforçar minha posição.

Aliás, nunca se viu moças freqüentarem o apartamento do rapaz, o único freqüentador visto com certa assiduidade é um sujeito da sua mesma idade, estatura semelhante. Não que eu esteja julgando alguma coisa mas, já que me exigiram dizer a verdade, eu tenho de contar o que se passa. Quanto ao lagarto, houve um episódio bastante desagradável: entraram no seu apartamento e mataram o bicho, pendurando-o no varal da área de serviço. Joca chegou a me consultar, pedindo-me providências. Cheguei a correr todos os apartamentos contando o caso, cheguei a desconfiar de uns rapazes adolescentes — é a idade, sabe como é, são capazes de tudo —, mas não consegui provas e o caso se deu por encerrado. Bem, no momento é o que tenho a declarar, me pondo à disposição dos senhores para qualquer necessidade que venha a ocorrer.

— Babaca! Este cara é um babaca!
— Calma, Mário. Tem outros depoimentos, doutor João?
— Tem, de uma moça que trabalha no mesmo escritório de Joca e de um psiquiatra.

Marina Peçanha, 31 anos, designer, casada, residente à Rua Barão da Torre, 127, apt. 302.
Eu não conheço muito o Joca. Não sei se posso contribuir muito. Trabalhamos juntos, na mesma sala, há mais ou menos dois anos. Ele é muito calado, um cara meio estranho. Aquela cabeça raspada, eu não entendo. Acho tão feio. Não sei que idéia é essa de viver de cabeça raspada. Bem, mas não é isto que vocês querem saber.

Ele é um cara estranho. Toma muito café, toda hora ele se levanta, pega um café e fica olhando pela janela. Parece que pensa muito. É um cara inteligente, isto eu sei porque Oscar fez de tudo para que Joca viesse para a firma. Ele faz coisas geniais, seja com desenho, fotos, grafismos. A gente faz alguns trabalhos juntos. Em alguns folders, eu faço a programação visual. É fácil trabalhar com ele, também ele já entrega a parte dele resolvida. Mas é tudo muito seco, sei lá, às vezes ele me incomoda. Quando chegou, eu reparava que ele me olhava de um jeito esquisito. O olhar dele é esquisito, um olho de peixe, sinistro. Me incomoda. É, e eu, sendo a única mulher na sala, sei lá... Se bem que ele nunca se aproximou de mim. Eu sou casada, tenho uma filha, ele sabe disso. Ele não tentou nada, só fica me olhando. Na verdade eu acho que não tenho muito o que falar do Joca. Ele é um cara assim, diferente. Por exemplo, eu chego cedo no escritório porque deixo minha filha cedo na escola, e assim eu saio às cinco, seis horas da tarde. Oscar concorda com este meu horário. O Joca não, cada dia chega uma hora. Tem dias que eu chego e ele já está lá no computador, eu saio e ele continua no computador. Noutros dias ele chega duas, três horas da tarde com a cara mais limpa do mundo. Bem, mas eu não tenho nada com isso, é problema dele com o Oscar.

Bem, eu realmente não tenho muita coisa pra falar. Deixa eu pensar... nem falar ao telefone ele fala. Não vejo ele ligar pra ninguém. O telefone quase não toca pra ele, quando acontece eu ouço, é coisa profissional. Da vida dele particular eu não sei, não sei onde mora nem nada. O Mário, que trabalha com a gente, é mais amigo dele, ele sim pode dizer mais sobre o Joca. Eu... sei lá... é só isso.

Doutor Alberto Lima, 62 anos, casado, psiquiatra, residente à Rua Piratininga, 54.
Conheci este rapaz quando ele tinha dez anos de idade. Relendo meu arquivo, sua mãe, senhora Riza, procurou-me para uma avaliação a respeito do menino, pois a escola havia exigido um laudo por considerá-lo um caso de doença mental. Conforme o relato da senhora Riza, Joca seria uma criança com dificuldades no relacionamento social, tendências ao isolamento, avessa aos esportes. Até então, eu o consideraria uma criança introspectiva, tímida. No entanto, quando sua mãe me contou o episódio do suicídio do pai — acredito que os senhores estão a par deste fato —, quando o pai se enforcou no quarto do menino, achei um fato muito grave, de profundas interferências na psique deste indivíduo e, portanto, resolvi encaminhá-lo a um terapeuta. Antes disso, foi feito um eletroencefalograma em que foi identificada uma disritmia cujo grau não mereceu atenção.
Quanto a suas sessões de terapia, recebi um relatório que apresentava os seguintes pontos: foram feitos alguns desenhos de tema livre e o que foi desenvolvido pelo menino foram bichos, mais especificamente répteis, anfíbios, como cobras, lagartos, aranhas e sapos. Os desenhos eram de boa definição, sabendo apresentar detalhes compatíveis com a idade. Em nenhum desenho o menino fazia menção a pessoas. Na análise psicológica,

esses bichos são representações de morte, medo, traição, o que inclina a uma avaliação de que essa pessoa tem atributos mórbidos. Quando foi pedido que desenhasse a família, ele fez o desenho de um garoto. Considerando que não tem irmãos, o desenho sugere a representação dele próprio. Foi preciso que o terapeuta lhe pedisse que desenhasse sua mãe e seu pai. No desenho, tinha só uma mulher. Ao ser indagado sobre o pai, a resposta foi rápida: 'Meu pai morreu.' Na avaliação final, concluiu-se que Joca gozava de sua capacidade intelectual, não apresentando nenhum sintoma psíquico capaz de classificá-lo como alienado ou em estado de psicopatia. Foi recomendado um acompanhamento psicoterápico, já que uma história como a dele — um pai suicida — requer um cuidado específico, pois, estatisticamente, fatos do gênero fazem com que mais tarde o indivíduo apresente sintomas de desequilíbrio mental. No entanto, segundo a senhora sua mãe, não foi possível continuar o tratamento por recusa irreversível do analisando.

Pelo fato de ter perdido o contato com a família, não posso no momento fazer nenhuma avaliação a respeito deste indivíduo quanto a sua personalidade atual. Caso me seja solicitado, tenho como montar um trabalho para o estudo desse caso. Mas, no momento, é isto o que tenho a relatar, senhores.

— Bem, o que vocês têm a me dizer?
— Nossa, tem muita gente que pensa muito errado do meu lindinho! Ele não é assim, ele é um homem bom!
— Engraçado eles terem localizado essas pessoas para depor e não chegarem a mim, nem a Eterna.

— Provavelmente, Mário, vocês ainda vão ser chamados.

— Ah, eles não devem ter me achado porque eu passei estes últimos dez dias com minha irmã, que andou doentinha, e aí eu tive de ir para lá cuidar das crianças. Ah, se eu estivesse por aqui, perto do Joca, eu teria feito minhas rezas, meu pai-de-santo me escuta muito, e eu sei, nada disso teria acontecido. É tudo muito confuso, doutor, o senhor não vai dar conta deste caso, a gente vai precisar muito dos santos para ajudar o meu lindinho. Esse negócio de americano pra cá, americano pra lá pode trazer problemas pra gente. Vocês podem dizer que eles entendem de tudo, mas se há uma coisa que eles não entendem é da lei do santo do candomblé. E é essa que vai fazer a verdadeira justiça.

— O que você achou desses depoimentos, Luiz?

— Confesso que estou meio absorto.

— E por quê?

— Olha, doutor João, como você pode perceber, existem diferentes pontos de vista a respeito de Joca, depoimentos que abordam, digamos assim, fases diferentes da vida do Joca. Acontece que eu vivi ambos os lados e o que posso dizer é que, de certa forma, eu o vejo por esses variados prismas. O depoimento do tio do Joca é que para mim foi revelador. E ele diz coisas cruciais a respeito do pai de Joca, revelações que nem Riza, com quem vivo há tantos anos, me relatou. Não sei, há coisas confusas para mim. Pensar que Joca não é filho daquele pai, que Riza... existe este buraco na vida de Riza... e ela nunca me falou a respeito, eu nunca soube dessa possibilidade. O nome desse tio eu já ouvi, não sei bem em que situação. Talvez tenha sido há muito tempo, uma só vez. Um pai se enforca no seu quarto, um pai que na verdade não é o pai dele. Muito confuso... Eu preciso de uma cerveja. Você disse que tem na geladeira, não é, Eterna?

— Eu pego pro senhor, pode deixar. Pro senhor também, seu João?

— Não, Eterna, obrigado.

— Mário, vai querer?

— Quero.

— E quanto ao depoimento de Oscar? O que você pensa a respeito, Luiz?

— Bem, doutor João, acho que pode ajudar muito na defesa do Joca. Sua visão está acima de qualquer conceito moral, como sentimos no caso do síndico e da professora. Oscar enxerga em Joca um sujeito cujo estranhamento que causa nas pessoas com quem convive é fruto de uma postura excepcional a respeito da vida, a respeito das pessoas. Quando eu uso o termo excepcional, quero que entendam pelo âmbito do extraordinário, do original. Nós estamos fadados a aceitar tudo o que é normal, tudo o que é ordinário. O Joca, doutor João, é um cara que foge a essa "normalidade". E isto tem sido um perigo para a vida dele. Veja o depoimento da diretora, o encaminhamento dado pela psicóloga que via nele sintomas de autismo. Sim, Joca sempre gostou do isolamento e o isolamento dentro de nossa sociedade ocidental sempre foi encarado como uma preocupação, um sintoma de anomalia. Dentro desse tipo de visão, eu lhe digo, o Joca é um ser não diagnosticável.

— Curioso... interessante, resta saber como vai ser encarado pela justiça.

— Eu tenho meus medos, doutor João. Quanto à justiça brasileira, não sei até que ponto eles teriam meios de avaliar o Joca. Mas os americanos, estes não são fáceis, eles buscam argumentos baseados em funções biológicas, psicológicas para enquadrar os indivíduos em um determinado padrão. Eles não sabem dizer "não sei", eles têm de classificar, tudo tem de estar dentro de uma norma, de uma classificação. O que está fora é desvio e o que é um desvio é condenável, é abortado. Joca corre riscos.

— Sim, mas como você mesmo falou, o depoimento do Oscar está interessante, por ele apontar um ponto de vista que coloca Joca dentro de uma linha de indivíduos com um potencial voltado exclusivamente para essa nova abordagem, que é a dedicação obsessiva ao trabalho. O capitalismo dos dias atuais supervaloriza a obsessão. Nos Estados Unidos, rapazes trabalham em banco durante 16 horas por dia, jantares sofisticados são fornecidos pela própria empresa para não tirar o sujeito da frente do computador.

— De fato, Joca tem esse perfil, ele sempre foi fanático por informática, seu raciocínio é articulado com a velocidade do computador. Desde pequeno ele tinha facilidade para o pensamento lógico, abstrato. É o tipo do sujeito que iria se dar bem na sociedade americana. Por isso o depoimento do Oscar é fundamental. É a visão de um profissional e é assim que Joca deve ser encarado. Existem pessoas que nascem para desenvolver um determinado interesse a ponto de aliená-lo dos outros ramos da vida: abrem mão do amor, de constituir família, até de sexo.

— Ah, isto não, seu Luiz, aí o senhor está pegando em mim. Se existe uma coisa que o meu lindinho entende é de sexo. Homem nenhum fez comigo o que ele fez, homem nenhum dá conta do meu corpo como ele.

— Tudo bem, Eterna, eu não preciso ser radical, mas, continuando meu raciocínio, a defesa de Joca está neste depoimento de Oscar, nesta visão. A defesa tem de argumentar que a personalidade de Joca é justamente fruto da sociedade americana que nos trouxe o computador, o videogame, a internet, criando uma geração de indivíduos que se satisfazem com tudo que é fornecido por uma tela. Crianças que são criadas isoladamente, sem necessidade de convívio social. Se Joca é assim, se isso é "condenável", foram os americanos que criaram esse "desvio". É por essa veia que você tem de investir, doutor João. Num tribunal americano a argumentação inteligente, apontando aspectos que mexem com a psicologia da sociedade, é valorizadíssima. Eu tenho conhecimentos em São Francisco, tenho amigos advogados, posso recorrer a eles se for necessário.

— Bom, nesse primeiro momento, temos de nos armar por aqui mesmo, formular a defesa com os meios que temos. Todo esse quadro se encaixa no atual temor da sociedade americana, ou seja, a falta de controle por se tratar do espaço cibernético. Estamos nas mãos dessa visão, e a justiça, neste caso, pode nos submeter a dois lados da moeda: um terá a competência de abordar o assunto verdadeiramente até chegar à conclusão real; o outro pode ter no Joca a cobaia ideal para tentar encontrar explicações para essa abordagem do mundo cibernético que tem deixado os especialistas completamente perdidos. Resta-nos confiar na ética norte-americana. E, nesse caso, eu teria de estar atento para agir justamente neste ponto.

— Exatamente, você tem de montar um argumento focalizando a personalidade de Joca, um sujeito que faz parte desta geração, a geração cibernética: conhecem-se, amam-se, casam através dos chats da internet. O simples contato pelos chats é suficiente, abrindo-se mão do contato corporal, humano. Essa tendência cria um cultivo ao individualismo, pois se satisfazem consigo mesmos. Eu leio muito sobre esse assunto. Por ser professor de uma universidade americana, preciso entender sobre a psicologia dos meus alunos. A internet provocou um comportamento novo nos indivíduos. A velocidade com que as coisas podem ser feitas gerou um constante estado de alerta, porque tudo se move rapidamente, um negócio se fecha a cada minuto, informações são passadas da noite pro dia, não se pode perder tempo. Para esta geração, o que importa é o tempo presente, o tempo real. Pensam no futuro, é claro, todo ser humano faz projeções para sua vida, mas os investimentos são feitos agora, tendo de ter resultados imediatos. Esse tipo de cabeça não se interessa pelo passado, o importante é estarem conectados com o que circula no mundo, um mundo espalhado nesse espaço cibernético. Sabem que a natureza da internet provoca a rápida absorção e também a rápida extinção das coisas. E para isso o sujeito tem de ter a cabeça ligada, captando tudo a todo instante, por que sabe que o papel ativo dessa nova situação é a capacidade intelectual. Essa visão da rapidez, da possível obsolescência, se reflete nas relações pessoais. Tudo se torna efêmero, nada é eterno, as amizades, as relações amorosas podem se dissolver numa fração de segundos. Percebe-se, eu vejo isto nos meus alunos, o pouco interesse em manter um relacionamento. Pensar em ter filhos, família, isto é cada vez mais remoto. Esta geração não tem essa preocupação. A preocupação em atingir um desempenho intelectual, profissional rapidamente é tão grande que abrem mão de outros interesses. O mundo cibernético os absorve totalmente, ficam "paranóicos". Aquele livro do presidente da Intel, Andy Grove, *Only Paranoid Survive*, se tornou moda entre os jovens americanos. E é dentro desse espírito que você tem de enquadrar o nosso Joca. A sua defesa tem de enfatizar este aspecto ao máximo.

— Concordo, Luiz, mas isso não me dá recursos para defender Joca desse crime, muito menos da possibilidade de ele estar envolvido com alguma gangue cibernética. Veja bem, a forma como cometeram esse crime é problemática. Foi por enforcamento, e Joca tem histórico com esse tipo de morte. Quanto a isso não há defesa, esta é sua marca, a marca de sua vida, por mais que ele tente negá-la, faz parte de sua história. E não tem como convencer que isso não deve ser levado em conta. Joca, com essas histórias, se tornou um joguete da fatalidade, e a análise que será feita pelos especialistas, psicólogos, apontará tal fato como fundamental. E para isso eu não tenho defesa. Temo pela pressa. Nesse ritmo em que vivemos, principalmente na visão da justiça americana, as soluções têm de vir em pouco tempo. Se não houver outros suspeitos, havendo provas de que essa moça se relacionava com Joca, certamente a situação dele se complicará muito. Temos de agir rápido.

— Ai, meu santo! Eu não posso acreditar, é tudo muito confuso pra minha cabeça. Vocês estão todos errados, Joca não é nada disso, ele é maravilhoso, calmo, vive para o trabalho dele, pensa nisso o tempo todo, o que mais querem? E é carinhoso, puxa, como ele é carinhoso comigo e com o Mário, não é, Mário? Isso os homens têm de saber: o Joca é amoroso, me dá tudo que eu preciso. E com o Mário também, não é, Mário?

— Está na hora de você falar um pouco, Mário, preciso saber qual é sua relação com Joca.

— Olha aqui, doutor João, as coisas não funcionam assim. Eu não tenho o que falar porque entre mim e Joca as coisas são muito pouco faladas. Nós trabalhamos juntos, saímos juntos, vamos ao cinema, o programa que mais fazemos é ir ao cinema. Fora isso, um show de jazz. Eu venho muito a esta casa, ele pouco vai à minha. Porque eu ainda divido apartamento com outro cara e minha prima. Joca, me conhecendo, sabendo das minhas dificuldades em não poder ter meu apê sozinho, praticamente me cedeu o seu apartamento. Me deu a chave e disse que eu o usasse. Eu uso. Eu respeito muito o Joca, eu sei que ele é um cara que gosta muito de manter as coisas da maneira dele. Eu não interfiro. Fico aqui, mas tem vezes que nem nos falamos. Eu entro, ele está no computador. Eu falo "oi", ele não me responde. Eu já entendo e fico quieto. Se quero ouvir música, vou lá, ligo o som e ponho o headphone. Ele nem se altera. Vou pra cozinha, faço o que eu quero. As compras eu também faço e isso foi adotado sem nenhum critério preestabelecido. Não precisamos dizer um para o outro o que foi que cada um comprou. Vejo a geladeira, o freezer, e já sei. Vejo o armário da despensa e sei dizer exatamente o que foi comprado por mim e o que veio do Joca. Temos o mesmo gosto: carne branca mais que vermelha, peixe, muito peixe. Joca adora um risoto e curte muito fazer. Vai pra cozinha, fica bolinando temperos, verdadeira alquimia, e eu me sento, pego uma cerveja, pergunto se ele quer, ele toma, mesmo que depois, o risoto pronto, a bebida tenha de ser um vinho. Peixe no alecrim também é uma especialidade do Joca. Mas a gente usa muito congelados, é rápido. O microondas veio em boa hora; fazemos muita coisa no microondas. Café com leite pela manhã, Joca não gosta de café solúvel, tem de ser o de pó feito na hora. Eu já não ligo, sei que ao chegar ao escritório a garrafa vai estar cheia. Joca toma um xicrão em casa, comendo torradas, eu também gosto de torradas, requeijão e mel. E vamos juntos para o trabalho, na moto dele, às vezes no meu carro, na maioria das vezes a gente usa a moto, é mais rápido. A cama que eu durmo é a do escritório. Ela já estava lá, ele já tinha este sofá que vira cama. Foi só eu aceitar e vir que ele já tinha as coisas, a casa já era assim. E é bom pra mim ficar aqui. Na minha casa tem muita gente, muitas interferências, eu não gosto. Me dou bem com o Joca.

— E por que você não se muda para cá definitivamente?

— Não convém, eu prefiro ter minhas coisas em outro lugar. Eu durmo por lá uns tempos. Assim é melhor.

— E vocês trabalham juntos?

— No mesmo lugar, mas não fazemos a mesma coisa. Joca faz criação, todo tipo de criação gráfica. Eu faço diagramação.

— Mas trabalham na mesma sala?
— É.
— E vocês se conheceram lá?
— Foi no trabalho, mas eu já manjava o Joca. A gente já tinha se cruzado por aí. Foi uma surpresa quando vi a cara dele na sala do Oscar. "Mostre-lhe a sala, apresente o pessoal, mostre o seu computador", disse Oscar. Saímos pelo corredor caminhando em silêncio. Foi assim: no primeiro computador, Marina. "Deixa eu te apresentar ao Joca", eu disse, "oi", ela disse sem conseguir ouvir a voz do Joca. Apresentei-o ao Marinho, dizendo: "é o homem do texto, palavra é com ele". Joca continuava em seu silêncio, "quer um café?", disse Marinho, "já tomei, obrigado"; foi quando escutei pela primeira vez a voz do Joca. Ele não é de falar. Eu chegava, ele já estava lá, sentado diante do seu monitor de vinte polegadas. Eu ligava a minha máquina, me lembro, naquela época eu estava trabalhando no folheto de um museu. A meio metro de distância eu via aquela cabeça raspada, quieto, muito quieto. Mas eu também sou quieto, no trabalho quase não falo. Foi isso que nos aproximou. O silêncio.
— E vocês são muito amigos, não são?
— Somos.
— Você vive aqui, trabalha com Joca, sai com o Joca. Então você sabe muito sobre ele.
— Depende do que você considere que se deva saber sobre o outro.
— Amizade, Mário, é partilhar com o outro sentimentos, idéias, opiniões, dificuldades. Para você se considerar amigo de alguém, você precisa conhecê-lo.
— Eu conheço o Joca, ele me conhece.

— E como você diz que não sabe o que ele anda fazendo, o que tem nos tais disquetes?

— Que história é essa de disquetes, Luiz?

— Bem, você não está sabendo? O Joca pediu ao Mário que ele viesse aqui buscar uns disquetes que ele tem escondidos no meio de suas cuecas. Quando você ligou dizendo que vinha para cá, nós estávamos para decidir o que faríamos com estes disquetes, para onde levá-los, como tentar abri-los. Só que Mário insiste em dizer que não sabe o que tem nestes disquetes. Eu não entendo. Se Joca estava envolvido em alguma coisa, acho difícil um amigo, amigo como você diz ser, não ter nenhum conhecimento sobre esse assunto.

— Calma lá, seu Luiz, nesse ponto eu fico com o Mário. Joca é amoroso, carinhoso, amigo mesmo, mas ele é quieto, ele não conta as coisas dele. Ele não é de falar do que anda fazendo, muito menos do que já fez. Sabe, doutor João, eu nem sabia que Joca tinha essa mãe, uma mãe chamada Riza. Ele nunca me contou. Eu já contei muita coisa da minha vida pra ele e ele me escuta. Ah, como ele é bom, eu posso ficar horas falando que ele me escuta. É tão raro hoje em dia encontrar alguém que te escute... ninguém quer se preocupar com o outro, sabe, seu João? Mas o Joca me escuta e, mesmo que ele fique ali calado, só o olhar que ele me dá já me conforta, me alivia das minhas dores, das minhas histórias. Por isso eu acho que o Mário não tem de saber de tudo do Joca, ele não é de contar tudo. Ele pode até ter sido amigo dessa moça americana sem que a gente pudesse saber, mas caso, caso, ele não tinha não, senão eu ia perceber, senão eu ia saber lá no centro de dona Jurema, os santos iam me mandar um recado, eles sabem o que eu tenho pelo Joca; eles, santos, sabem e aí eles não deixam a gente na ignorância, eles avisam. Por isso eu tenho certeza de que o Joca não matou ninguém, que o Joca não está envolvido em nenhuma história ruim. Eu estive lá no centro semana passada e só tinha dois recados: um avisando que eu ficasse de olho no meu filho mais velho — isso eu já tinha na mente que ele ia me dar trabalho — e outro me tranqüilizando, dizendo que minha irmã não tem nada de sério na saúde dela. Mas do Joca nada. Imagina, o Joca passar por uma situação dessas e os santos sem me avisarem nada! Impossível. Agora, estando ele preso, se eu perguntar, eles vão me dizer alguma coisa. Vai vir alguma luz para esclarecer essa história.

— Deixa eu te perguntar uma coisa, Mário: ainda na delegacia, falavam de o crime estar ligado ao narcotráfico. Você e Joca, jovens... gostam de ficar em casa ouvindo jazz...

— Você está querendo saber se nós usamos drogas? Olha aqui, doutor João, a polícia brasileira não tem a menor criatividade: crime envolvendo um cara do nível do Joca leva a pensar em drogas. Não tem nada a ver.

— Entenda, Mário, meu trabalho é construir uma defesa para o Joca e eu preciso saber sobre os hábitos dele, seus interesses.

— Se o Joca usa droga? Usar todo mundo usa: maconha, coca, bebida, ou tem os que preferem um Lexotan, Prozac, essas coisas. Dá tudo no mesmo. Mas não, isso não faz parte do cotidiano do Joca. Pra você ter uma idéia, ele nunca comprou. Ele não precisa. A cabeça do Joca é muito ligada. Ele não precisa de estímulos. Ele é calado, mas por dentro está a mil. E, se você pensar, as gangues de narcotráfico são constituídas por pessoas sem talento, sem muita instrução, que usam este meio como única possibilidade de enriquecer rapidamente.

— Nem sempre, Mário, nem sempre. Quantos filhinhos de papai entram em tráfico de drogas? Começam a consumir demais, se envolvem com traficantes e aí não tem volta.

— Mas não é o caso, doutor João, Joca não iria se envolver com essa turma.

— A polícia não está tão certa disso, acharam dois quilos de cocaína no apartamento da senhorita Kate e isto complica ainda mais a situação do Joca.

— Ai, doutor João, nem fale uma coisa dessas, a coisa já está tão complicada. E traficante é o tipo de povo ruim, safado, filho da puta, matador. Não me fale desse tipo de gente, estes eu conheço bem. Rondam a gente, a casa da gente, ficam de olho nos meninos: menino novo é o que eles mais querem. E aí vão, seduzem os garotos, dão dinheiro, fazem eles de gato e sapato para venderem a droga. Maltratam os guris, mas, se depois o guri quiser sair fora, não consegue, é morte, morte na certa. Os meus dois filhos... eu não sei não... é muita tentação, tem dinheiro fácil... eu não ponho a mão no fogo. Mas com Joca não, pelo Joca eu ponho mão, ponho pé, ponho cabeça como meu lindinho não se envolveu com esse tipo de gente. Sabe, doutor João, ele não precisa, ele já tem o dinheirinho dele, certinho.

— Bem, você deve ter razão Eterna, pois podemos ficar mais tranqüilos, o U.S. Service já soltou uma opinião sobre isso. Eles acham que a coca foi deixada no apartamento por quem cometeu o crime, provavelmente para desviar as investigações. O argumento é bastante relevante, visto que, se a moça estivesse envolvida com narcotráfico, tendo os criminosos mexido no apartamento, evidentemente teriam achado a coca e levado. Dois quilos de cocaína não são de se jogar fora. Examinaram o pacote e não detectaram impressões digitais. Aliás, as únicas detectadas no apartamento são da própria senhorita Kate. Mas, enfim, como essa questão existe, como advogado de defesa eu tenho de estar preparado para a ocorrência dessa acusação ao Joca. Há hipótese de o assassino ter esquecido o pacote. Os americanos não me falaram disto, mas eles não são idiotas, alguém vai levantar a questão. Por isso eu preciso saber, Mário, se alguma vez Joca ficou comprometido pela polícia por porte de droga ou coisa parecida.

— Ô cara, eu já falei, Joca não consome droga. Nas vezes em que fumou unzinho foi comigo, aqui, eu que trouxe.

— Você fuma?

— Teve época que eu fumava, mas isso me deixava leso, muito leso. Joca me alertou, foi ele quem me alertou. A relação com a maconha é muito particular. Cada um tem a sua. Eu vi que me afetava no sentido de me deixar meio paradão. O meu convívio com o Joca me fez ver que nos dias de hoje não dá pra ser assim, senão o sistema te engole. Você tem de estar atento, todo o tempo atento. Então hoje em dia eu raramente uso essas coisas. Joca, então, nem vejo com nada disso. Eu posso afirmar que ele nunca passou por uma situação, nunca foi preso.

— E nem esteve envolvido com turmas que sofreram coisa do gênero?

— Doutor João, Joca nunca foi de ter turmas.

— Bem, eu vou considerar a sua afirmação. Veja bem, eu preciso de vocês, de dados sobre o Joca, e tenho pressa em adquiri-los.

— Ih, meu celular, dá licença, deve ser Riza novamente, mãe do Joca. "Oi, querida, estamos aqui com o advogado, doutor João. É, eu, Mário e Eterna. Não, não. É, quer dizer, teve uns depoimentos sobre o Joca. Não muito, a não ser o do chefe de Joca, este foi bastante favorável. Doutor João utilizará essa declaração para a defesa do Joca. É, exatamente. Temos de correr. Estamos colhendo dados. E você? Ah, ótimo. Tendo novidades te ligo." Riza está apreensiva.

— E ela virá ao Brasil?

— A princípio não... bem... mas acredito que se for necessário ela virá.

— Não vem nada, ô cara, ela quer que o filho se foda.

— Não admito que você fale assim da minha mulher. Você não a conhece, você não sabe nada dela, nada a respeito da relação dela com o Joca.

— Não sei, mas imagino.

— O que você pode imaginar se você mesmo diz que Joca nunca lhe falou sequer que tinha mãe?

— Mas agora que tive essa informação, pelo que você conta e pelo depoimento do tio do Joca, eu sei bem que tipo é esta tal de Riza. Ela casou com o pai do Joca carregando o filho na barriga, que sabia não ser filho dele. Que filha da puta! Tá na cara, ela não queria o Joca, esse filho sempre foi um entrave na vida dela. Esta é a relação entre eles. Joca, inteligente, sensível do jeito que é, sempre sentiu que essa mãe... que cara-de-pau... e sabendo que o pai do Joca se enforcou ao saber que não era o pai. Puta que pariu! E você ainda vem me pedir que tenha respeito por essa mulher?

— Você não deve falar assim de Riza! Não é nada disso!

— Não é nada disso... você não quer pensar, ô cara. Você acabou de dizer que ficou surpreso com o depoimento desse tio do Joca. Você nem sabia dessa história. A gente pensa que conhece as pessoas, né? Taí, sua querida Riza, sua mulher escondeu de você esse dado fundamental da vida do Joca. A desconfiança de que o pai é outro. Esse cara estava meio down, já tinha problema por ter causado a morte dos pais, saber que a mulher o traiu, fazendo ele pensar que o filho era seu, quando não era, pensa? Pensa bem, é caso de dar um tiro na cabeça.

— Ele se enforcou.

— Dá no mesmo, doutor João.

— Não, não, Mário. Ele escolheu a forca e no quarto do filho. Isto é um dado muito importante. Para a equipe de americanos que estuda a psicologia do Joca, este fato irá pesar muito para a acusação. Infelizmente, esse pai preferiu a forca, Joca tinha só seis anos. Quando poderia imaginar que anos depois ele estaria sendo acusado de um crime desses? Bem, voltando a Riza, seria importante que ela viesse. Eu preciso interrogá-la, eu preciso que me fale de seu filho: sua infância, sua vida.

— Mas ele não tem contato com essa mãe, doutor João.

— Mesmo assim, Mário, mesmo assim. Mãe sempre sabe a respeito do filho. Parece norma, lei: mãe sabe a respeito do filho.

— Taí, o senhor disse certo, seu João, mãe é sempre mãe. Mãe conhece filho, conhece sempre. Se existe uma coisa de que ninguém pode duvidar, é do amor de mãe. A gente faz tudo por um filho, sabe, seu João, a gente faz tudo, ou melhor, a gente faz o que a gente pode. É, porque nem sempre a gente pode dar o melhor. A gente luta, mas às vezes a vida não dá chance. Vivendo no morro é difícil. A vida pra gente é muito difícil. Quando tem casa pra morar, a casa é tão pequena que a gente põe tudo quanto é criança para dormir na mesma cama. A comida, quando tem, tem de ser contadinha, contadinha. E aí tem sempre um que fica querendo mais, a gente diz que não tem mais, a criança insiste em dizer que tem fome e aí mãe nenhuma agüenta e acaba perdendo a cabeça, berrando com a criança, batendo. Se elas soubessem o que a gente faz pra conseguir trazer dinheiro pra casa... porque fica tudo em cima da gente. O pai? Difícil o pai que agüenta. Cai fora, se manda. Faz o filho, mas quando vê que a barra pesa, se manda. Filho da gente não tem pai, é tudo criado pela mãe, pelo pessoal do morro. Tem mãe que sabe quem é o pai mas não conta, não vale a pena. E tudo cresce assim, sem saber do pai: eu cresci assim, meus dois filhos cresceram assim. Mãe tem de ser forte, se virar. Mas a vida é difícil e a gente acaba tendo de fazer coisa que não deve. E dói muito no coração quando a gente vê um filho indo pra rua. Dói muito. E se eles crescem e seguem pra caminho ruim, a gente sofre, mas a gente entende. Eu vejo mãe ter filho ladrão, ter filho matador, sofrer por eles, mas lá do lado deles, tentando de tudo, tudo por eles. Eu sou mãe, eu sei, eu tenho dois, dois filhos já marmanjos, dona Verinha foi quem me ajudou a criar os meninos, porque pai mesmo eles não tiveram. Ah, se não fosse dona Verinha e se não fosse a minha irmã dando um pedaço do terreno pra eu fazer meu cantinho, não sei não! Eu entendo a mãe do Joca. Eu não sabia que Joca tinha mãe. Ele não falou. Ele pode até ter ódio dela, pode ter, sei lá. Mas ela é mãe dele e mãe guarda o filho dentro, em algum lugar aqui dentro eles estão. O Joca vive longe da mãe, mas ela tem ele dentro, bem dentro dela, pra sempre. E, quando um filho passa aperto, a mãe sente dentro, estando aqui, ali, onde for. A gente até sabe antes. É aquele sentimento que vem moendo a gente, vem moendo, e aí, de repente, aquele estalo! E a gente diz: tem alguma coisa acontecendo com meu filho. Uma voz vem, uma voz avisa a gente. Manda um recado. Se essa moça é a mãe do Joca, ela sabe, ela sente. Por isso, é capaz de ela vir, sim. Se meu lindinho não se livrar logo dessa situação, ela vai acabar vindo.

— Independente de saber a conduta de Riza, Luiz, seria importante um depoimento dela.

— Bem, doutor João, até o momento ela não me disse nada a respeito da possibilidade de vir. É possível que mais à frente... não sei.

— De todo modo, você diz que conheceu o Joca menino, que vive com ela há muitos anos.

— Mais de vinte.

— O que então você pode contar sobre o Joca?

— Eu posso falar sobre ele, dizer o que as pessoas dizem, mas não sei se eu conseguiria te fazer entender quem é o Joca. Os depoimentos que você trouxe são relevantes. Em cada um você constata uma característica do Joca. O Joca é tudo isto.

— Olha, eu vim aqui para pegar o que o Joca me pediu. Estamos perdendo tempo. Não é o momento de se ficar pensando nessas coisas.

— Sim, sim, Mário, você está certo, é preciso tentar abrir esses disquetes o mais rápido possível, mas, entenda, eu estou tentando captar o maior número de dados sobre o Joca porque já estive na delegacia com profissionais americanos, que já estão em ação.

— Que tipo de profissionais?

— Olha, Luiz, parece que uma psiquiatra especializada em criminosos e um sujeito que se apresentou como advogado. Eles estão em contato com a polícia brasileira, já trocaram informações e análises. Eles são rápidos e nós temos de ser rápidos. Bem, onde estão os disquetes? Precisamos abri-los.

— Calma lá. O Joca pediu que eu os pegasse e escondesse esse material, ele não falou que eu devia abri-los e eu não posso permitir isto sem a autorização dele.

— Você parece doido! Será que não entende? Este não é o momento de pensarmos nas condutas do Joca. Na situação em que ele se encontra, nada pode ser ocultado. Temos de desvendar tudo, nós, senão a polícia o fará.

— Mário, Luiz tem razão. O momento é grave e temos de agir. Eu, como advogado de defesa, preciso obter o máximo de informações sobre meu cliente. Ele não me falou nada a respeito destes disquetes, mas se ele te orientou a vir aqui antes que fosse liberada a ordem de busca no apartamento, para que você levasse o material, evidentemente neles está contido algo muito valioso para o caso. Se quisermos ter êxito nesse processo, precisamos decifrar o que há nos disquetes.

— Não acredito que o conteúdo dos disquetes tenha dados referentes aos motivos pelos quais Joca está sendo acusado.

— Ingenuidade sua, Mário, se Joca tem os disquetes escondidos, alguma coisa há de secreto. Seja o que for, temos de investigar. Podemos abri-los aqui neste computador.

— Não, não. Acho melhor verificarmos no notebook, é mais seguro, porque podemos levá-lo depois.

— Olha aqui, gente, foi o que eu achei no meio das cuecas do Joca. Agora entendi por que ele nunca quis que eu guardasse as coisas dele no armário.

— Obrigado, Eterna.

— Duas caixas de disquetes e três zips... bem, em zip... Isto nos informa que o material é grande. E uma fita cassete. O que conterá esta fita cassete?

— Engraçado... Há um gravador na casa para que possamos escutá-la?

— Tem, sim. Podíamos começar por isto, quem sabe... Venham cá, me dêem a fita.

Joca, nascido no dia 13 de fevereiro de 1962, às seis horas e cinqüenta minutos, na cidade do Rio de Janeiro. Conforme o seu horário de nascimento, o ascendente estava no signo de Peixes, o Sol, Mercúrio, Vênus, Marte, Júpiter, Saturno, Quíron estavam no signo de Aquário, entre as casas 11 e 12 de sua carta astral.

— Ah, já sei, isto é a análise do mapa astral do Joca. É coisa do Oscar. Para toda pessoa que vai trabalhar na firma, ele pede os dados de nascimento para fazer um estudo do mapa astral. Ele diz que a partir daí tem um diagnóstico preciso da personalidade da pessoa e com isso sabe encaixar melhor cada um na sua função. Eu também tenho uma fita dessas.

— É, eu também já ouvi alguma coisa a respeito, tem clientes meus que têm esta prática, fazem mapa do sócio, da firma, acompanham os processos através dessa análise. Eu, como advogado, tenho minhas ressalvas, mas respeito.

— E vem cá, Mário, você já tinha ouvido esta fita do Joca?

— Nunca, ele nunca me mostrou.

— É longa?

— Não sei.

— Será que devemos perder tempo com isso?

— Eu acho importante.

— Então prossiga.

A lua estava no signo de Gêmeos na quarta casa do mapa. O que chama a atenção no mapa de Joca é a concentração de planetas em Aquário nas casas 11 e 12. Qualquer concentração de planetas em um mesmo signo, evidentemente, reforça as características deste signo. No caso, sendo a casa 11 domicílio do signo de Aquário, mostra-nos que Joca é uma pessoa movida pelas idéias, idéias essas sempre inovadoras, à frente de seu tempo. Os aquarianos são criativos, pessoas que lançam idéias novas nem sempre compreendidas. Mobilizados pela originalidade, sua preocupação é estarem conectados com projetos que fogem ao convencional. Aliás, a palavra "convencional" é o que há de mais repulsivo para um aquariano.

Conhecemos de antemão um aquariano pela sua excentricidade na maneira de se vestir, na maneira de se portar. São pessoas que não sabem obedecer a horários, normas, regras. Funcionam em um ritmo próprio, precisam estar livres para pensar, para criar. São os inventores. No caso de Joca, percebe-se a dificuldade em atender às expectativas formais, sociais. Não há preocupação em manter vínculos sólidos com nada, com ninguém. Há, no seu mapa, uma carência dos signos de elemento terra. Existe a relação dos 12 signos com os quatro elementos: terra, água, fogo e ar. No mapa de Joca, há a predominância dos signos de elemento ar e água, o que indica uma personalidade mais ligada ao mundo das idéias e das emoções, das sensações, abstendo-se da relação com o mundo prático. Terra é o elemento ligado ao mundo físico, sólido. Pessoas de terra precisam agir com segurança, precisam ter os pés fincados no chão. Como Joca só tem um signo em terra, Plutão, sendo este um planeta que chamamos transpessoal, verifica-se um desprendimento, uma dificuldade em se fixar nas coisas, nas relações. Quando menos se espera, Joca já não está onde estava. As combinações de seu mapa mostram claramente a tendência a se desligar com facilidade das coisas, de romper e até de destruir. Há um aspecto muito forte em relação a esse respeito — a Lua em quadratura com Plutão em oposição ao ascendente —, mas isto analisarei mais à frente. A lua estando em Gêmeos, o acúmulo de planetas em Aquário, o ascendente em Peixes indica o seguinte: Gêmeos e Aquário são signos de ar, é o intelecto, a velocidade. Peixes, de água, é a subjetividade, a sensibilidade para lidar com o mundo abstrato. São os matemáticos. Joca certamente tem muita facilidade para a matemática, a informática, as máquinas. Aquário é o signo da tecnologia, da velocidade. O computador é o instrumento básico do aquariano. Estamos entrando na era de Aquário e verificamos a imponência deste signo em apresentar a tecnologia como via necessária para a evolução da humanidade. Computador, internet, celulares, isto tudo está ligado ao signo de Aquário. Os aquarianos são os pontas-de-lança desta nova era. Precisamos deles, eles indicarão os caminhos. Joca, por ter esta concentração em Aquário combinado com Peixes, o signo da percepção apurada, certamente é um visionário, sintonizado com o devir. Casa 12 recheada de planetas e ainda em Aquário, não resta dúvida, faz com que sintam, percebam o que está por vir. Por isso precisam tanto de isolamento, de viver num mundo próprio. Em outras épocas, esta combinação estava associada à loucura. Nos dias de hoje, quando as noções sobre loucura foram reestudadas, esse aspecto se relaciona com a capacidade de abstração, de sintonizar com outras dimensões. Se o sujeito consegue dar vazão a essa sua potencialidade, consegue produzir coisas geniais na ciência, na música, na informática, na poesia, pela capacidade de se abstrair totalmente do que está ao seu redor. As pessoas com o ascendente em Peixes, a gente percebe pelo seu olho: geralmente têm um olho de peixe, em que a íris parece nadando na córnea, fazendo um olhar sempre evasivo. Bem, em termos profissionais, criativos, o mapa de Joca é excepcional, uma pessoa excessivamente inovadora, visionária, como já disse. O Sol em conjunção com Júpiter, sempre montando projetos, planos, acreditando mais no que ainda estar por vir, sintonizado com o futuro e o presente, mais do que com o passado. Aliás, para uma pessoa com este mapa, o passado não vale nada, ficou para trás, de nada serve. Não alimenta as histórias do passado, pelo contrário, tem facilidade em esquecê-las, eliminá-las.

Quanto às questões afetivas, em que nos atemos a analisar as posições da Lua e de Vênus, principalmente, terei algumas coisas importantes a apontar. A princípio, Vênus em Aquário na casa 12 já indica a tendência à atração por relações afetivas excêntricas, fora do convencional, do estabelecido, e secretas. Dificilmente, conseguirá se ajustar a uma relação de casamento, a uma situação de família. A afetividade aquariana impulsiona a busca por relações soltas, livres, sem cobranças, em que o amor, o afeto se manifestam intensamente quando a outra pessoa respeita esse quadro. Mas o que me chama a atenção é o aspecto de Lua em quadratura com Plutão e em oposição ao ascendente, formando um triângulo isósceles, o que indica tensão. Lua na casa 4 já apresenta uma relação forte com a mãe. A imagem materna é extremamente formadora, principalmente por estar na 4, casa da infância, de nossas origens. A relação da Lua em quadratura com Plutão simboliza o arquétipo da mãe terrível, de uma relação agressiva, até violenta. Esse aspecto dá a tendência a ter necessidade de rom-

per com os vínculos familiares, com as origens, com a finalidade de encontrar a própria identidade. A situação de Plutão em oposição ao ascendente — ascendente sendo o ponto relacionado com o nosso nascimento —, principalmente por estarem no mesmo grau, no grau 9, apresenta alguma situação muito forte ocorrida no nascimento. Plutão está associado à morte, à destruição e ao renascimento. Provavelmente houve alguma dificuldade relacionada ao seu nascimento, indicando que há uma luta de Joca pela própria sobrevivência. Essa configuração apresentada com o ascendente contrai o risco de exposição à morte ou de uma tendência a deparar com situações de mortes violentas. Este Plutão também está em quincunce com Marte, na mitologia o deus da guerra, e Plutão, o deus das entranhas, da terra, do inferno, expondo Joca a situações de agressividade, de violência.

— Chega, eu acho que já ouvimos demais.

— Que coisa impressionante! Você afirma que essa astróloga nunca viu o Joca, nunca o conheceu, Mário?

— Afirmo. Eu também não a conheci. Um belo dia Oscar me deu uma fita de presente com a análise do meu mapa. Eu fiquei de quatro. Como uma pessoa que nunca havia me visto podia falar de mim com tanta precisão?

— É, astrologia é uma coisa impressionante. Lá em São Francisco há muitos centros de estudos sobre esse assunto. Apesar de ainda ser um conhecimento contestado por muitos, devemos reconhecer que as coincidências são relevantes. Eu estou impressionado, pelo que eu conheço do Joca percebo que a descrição de sua personalidade se encaixa perfeitamente.

— Você acha, Luiz?

— É incrível, João, realmente incrível.

— E você acha que caberia a utilização desta fita como depoimento?

— Não sei... na hora em que ela fala de violência, mortes violentas... acho comprometedor.

— E se eu entrasse em contato com essa astróloga? Ela poderia fazer uma análise pessoalmente, enfocando os aspectos referentes ao lado inventivo, visionário, excêntrico de Joca, a necessidade de ficar isolado, e omitindo o outro lado.

— Cara... garanto que os americanos, ao ouvirem este depoimento baseado na astrologia, iriam ficar curiosíssimos.

— É interessante o que o Mário está falando, porque esta configuração que ela cita ligada ao signo de Aquário, de Joca ser um ponta-de-lança da era de Aquário, é um prato cheio para a sociedade americana.

— Com certeza, cara, ao perceberem que têm nas mãos um cara com essas características, pode crer, esses caras vão se apaixonar pelo Joca, vão querer importá-lo, levarão o Joca para a nata de pesquisadores americanos. O Joca é um gênio, minha gente, nesse sentido a astróloga falou pouco. Ela insinuou mas não disse. Mas eu digo, eu sei, ele é um gênio.

— É, e... a tal configuração ligada ao nascimento? Ela disse claramente que há alguma coisa ligada ao nascimento dele. O que você acha, Luiz?

— Riza não me falou nada, eu não sei nada a respeito do parto. O que eu sei sobre a infância de Joca é que aos dois anos ele ganhou uma luva de boxe, aos três o pai sofreu um acidente sério em que morreram os avós paternos de Joca e aos seis, foi o pai. O pai se enforca... só nestes episódios já constatamos que o que a astróloga diz faz sentido. Houve mortes violentas na história da vida do Joca. E, quanto a relação com a mãe, isso eu vi. Nos anos em que convivemos, eu vi a relação dele com Riza: posturas agressivas, repulsa, até o rompimento definitivo. É impressionante que isso esteja no seu mapa. Se Plutão causa destruição, eu não sei... Mas se Joca tinha a intenção de destruir seus vínculos com Riza, com sua história, com sua origem, isso ele conseguiu. A relação com a mãe nunca foi fácil. E com o pai... não houve tempo, não houve pai.

— Cara, que confusão! A revelação do tio, essa dúvida sobre a paternidade. Há como provar, doutor João, que o pai enforcado não é o pai?

— Agora é difícil saber, Mário. Se tivesse sido feito um exame de DNA no suposto pai do Joca... mas não, isto não foi feito. Se o pai enforcado é o pai biológico ou não... seria importante, com certeza ajudaria se conseguíssemos provar que o pai enforcado não é o pai do Joca.

— Ih, mas que confusão, tá cada vez mais confuso, até astróloga entrou na história. Ai, meu pai-de-santo, quando isto vai acabar?

— Calma, Eterna, estamos avançando. Não podemos é nos perder, o tempo está passando. Vamos ver os tais disquetes.

— Por onde devemos começar, hein, Luiz, hein, Mário?

— Acho melhor utilizarmos as duas máquinas, senão não vai dar tempo. Mário, você utiliza o notebook e eu o computador do escritório. Vou começar pelo Zip disc.
— Vamos, tente logo abrir este arquivo!
— Não abre. Está bloqueado.
— Não é possível! Temos de dar um jeito.
— Não tem jeito, doutor João, desvendar as chaves de computador só sendo um craque.
— Mas qual é a senha do Joca?
— Você sabe, Mário?
— Eu não, quem sabe é Eterna.
— Ah, sim, Eterna, você sabe abrir os e-mails do Joca, não é?
— Sei.
— Então qual é a senha?
— Ai, meu santo, eu não tenho permissão para dar isto. Como eu vou me explicar pro meu lindinho depois? Ele não vai aceitar. Eu não posso de jeito nenhum quebrar a confiança que esse homem depositou em mim. É tudo que eu tenho, vocês entendem? Ele me ensinou a mexer nesta máquina. Custei. Eu nem queria aprender, mas quando vi ele querendo, querendo mesmo, precisando de mim, eu vi que tinha de me esforçar. Mas eu não posso... Computador é o maior tesouro do Joca. Eu não posso, me sinto abrindo o cofre dele para vocês.
— Mas entenda, Eterna, nós não somos ladrões. Estamos aqui pelo Joca. Eu sou o padrasto do Joca. Talvez você desconfie de mim. Para você, o nome "padrasto" pode soar como aquele que entrou na história do Joca para viver com a mãe dele. Mas não foi bem assim. Eu conheci o Joca menino. Quando voltei de um período de

sete anos que eu havia passado nos Estados Unidos, eu reencontrei Riza, já viúva. Tínhamos tido um caso ainda na faculdade e já naquela época eu senti: ela é a minha mulher. Mas ela tinha casamento marcado com o pai do Joca, e eu ia para Berkeley. Só muitos anos depois, quando revi Riza, eu não tive dúvida, eu tinha de tê-la do meu lado. E foi aí que conheci Joca. Ele era estranho, um menino já muito estranho. No início ele não me aceitou, fez de tudo para me tirar da vida da mãe dele. Mas eu sou um cara paciente. E quando Riza me revelou a sua história, quando me contou do pai, eu entendi o menino e fui aos poucos me chegando a ele. Os canivetes, eu já contei pra vocês dos canivetes. Parece que eu estou vendo a cara do Joca, tentando esconder a satisfação de eu estar lhe dando aquele presente. Entenda, Eterna, eu não sou o pai dele, mas eu gosto dele, gosto. Eu fui morar com Riza, passamos a viver juntos. Eu fui vendo o Joca. Ele já era este cara quieto que vocês conhecem. Foi difícil, mas eu consegui me chegar a ele. Ele vinha me perguntar coisas, tirar dúvidas da escola. Acho que por eu ser da área acadêmica... o Joca gostava disso. Ele me via lendo muito, estudando muito. São atos solitários. E Joca gosta de ler, de ficar sozinho, diante do computador. Nisso a gente se parece. Eu sei que Joca gosta de mim. Nunca tive um gesto claro de seu afeto, mas são coisas que a gente sabe. Ele relutou em me aceitar, mas eu sei. Eu fui buscá-lo na escola algumas vezes. Ele vinha andando sério, levantava o olho me vendo no portão, abaixava o olho, levantava. Seu pai veio te buscar! Algum amigo dizia. Eu não dizia nada, ninguém precisava saber que eu não era o pai. Ele ganhou um prêmio uma vez: melhor redação, eu estive lá com Riza. Disseram que ele se parecia comigo. São coisas que as pessoas criam. Mas saiba que eu, doutor João e Mário estamos aqui para salvar o Joca e precisamos de você.

— Ah, que bonito, seu Luiz, dá vontade de chorar. Olha só, ai santo Deus, eu sou boba mesmo, basta uma coisinha pro meu olho se encher de lágrima. Sei não, essa história de o senhor não ser o pai dele... parece a minha dona Verinha, ela foi a minha mãe e o Joca me diz isso, ele diz que pouco importa a minha mãe verdadeira, a mãe que a gente tem de considerar é a que nos tem no coração, a que zela pela gente. Ele me disse isso numa conversa que a gente teve deitado na cama, numa noite muito especial. O Joca tinha tomado umas cervejas, sabe, eu também. E fomos pra cama e ficamos de todos os jeitos. E a noite foi entrando, a noite foi saindo e a gente não querendo dormir, só querendo ficar ali, juntinho. E ele veio com essa conversa. Fui eu que comecei a falar de minha mãe e ele me explicou que mãe é quem cuida da gente, que não importa isso que vem do nascimento, vem no nosso corpo, isso não importa nada. Ele disse até que tem uns estudos tentando mexer com essa coisa de genética e, quando isso acontecer, os filhos não serão mais nossos filhos mas filhos de uma sei lá o quê. Eu não sei explicar.

— O Joca te disse isto, Eterna?

— Disse sim, seu Luiz, mas foi só isto. Se eu tivesse escutado o senhor antes, eu até teria entendido outras coisas que ele dizia naquela noite. Eu agora sei que ele não teve um pai, pai mesmo foi o senhor, pai mesmo é aquele que está ali, junto, vendo todos os dias. Que bonito, seu Luiz, eu agora estou entendendo. Joca nunca me falou dessa história, ele nunca nem falou que tinha uma mãe. Mas essa noite ele disse, disse, sim, que a gente não está preso a pai, nem a mãe, que essa coisa da genética não garante nada, que tem como desviar isso. Eu não sei não, eu fiquei com essa idéia na minha cabeça, levei até lá pro terreiro, perguntei ao pai-de-santo e ele disse que isto é maluquice, o que tá no sangue não dá para mudar, que essa idéia dos homens está errada, o homem quer ser Deus, mas o homem nunca vai conseguir ser Deus. Sei lá, eu fico confusa. Eu confio tanto nos meus santos... e acredito no Joca, nossa! Como eu acredito no Joca! Ele é muito inteligente, ele tem a visão, isto eu sei, isto o meu padinho pai-de-santo me confirmou: o Joca é homem de visão, ele tem o olho, o olho que nem todo mundo tem. E se ele diz que o homem vai conseguir mexer, mexer na célula mais mínima da gente, eu tenho de acreditar. O Joca sabe muito, sabe, seu Luiz, e eu até tenho de pensar.

— Sim, Eterna, depois nós aprofundamos essa conversa, mas o que eu preciso de você agora é a senha do Joca. Me diga, qual é a senha dele?

— Ah, gente, é difícil, é difícil eu dizer. Dá um aperto no meu coração, parece que eu estou traindo o meu lindinho. Eu tinha de ter tempo, sabe, seu João, para consultar os meus santos, perguntar para eles se eu devo dizer. Se bem que eles vão custar a entender o meu pedido, de computador eles pouco entendem. Falar de senha então... vai ser difícil.

— Entenda, Eterna, o momento pede, Joca vai te entender.

— Tá bem, seu Luiz, eu vou dizer, eu vou dizer porque é o senhor que está me pedindo, o senhor que cuidou do meu lindinho. O senhor veio aqui, neste momento difícil do meu lindinho, o senhor está aqui. Nem a mãe veio, a mãe, pelo visto, não quis vir. A mãe, a mãe de sangue. O senhor diz que não é o pai. No meu entender, é sim. E pro senhor eu vou dizer: a senha que o Joca botou, a senha que ele escolheu para guardar o mundo dele, o mundo do computador, é o meu nome: Eterna. Me desculpem, mas eu fico assim, emocionada, de lembrar que ele quis o meu nome, é o meu nome que abre todo este mundo precioso do Joca. Ele gosta muito do meu nome, ele nunca conheceu quem tivesse este nome. Eterna dura para sempre, eu sei que meu nome diz isto. O que todo mundo quer é que as coisas durem para sempre. Todos os santos dizem isto, as religiões pregam essa eternidade. Só eu sou Eterna, o Joca me disse isto. Ele diz isto com tanta profundidade!

— Obrigado, Eterna, assim você permite que nós tenhamos acesso ao Joca, nós precisamos chegar a tudo do Joca. Eterna. Funciona. Vamos neste arquivo FTF. Abrindo. Olha o que tem neste arquivo! Fotos.

— Clica. São fotos de quem?

— É o Joca! O Joca pequeno, olha só, o Joca com a Riza. Um arquivo só de fotos. Este aí sou eu em São Francisco. Me lembro, estava muito frio nesse dia. Foi na época em que eu estudava lá. Eu não tinha ainda o cabelo grisalho. Joca tem esta foto, incrível, eu nem me lembrava desta foto, acho que nem Riza tem mais esta foto.

— Clica na outra.

— O pai do Joca. Este é o cara, este é o pai do Joca.

— Ih, mas não tem nada a ver, ele é alto, meio claro, não parece nada com o meu lindinho.

— São fotos, um arquivo só de fotos. São fotos de família. Aí estão elas. Eu procurei fotos nas gavetas do Joca. Não achei nada. Elas estão aí, no computador.

— Podemos fechar este arquivo?

— Não, espera, deixa eu ver mais!

— Não temos muito tempo, Luiz, e essas fotos não poderão ajudar muito.

— É, nem os meus santos vão usar estas fotos. Acho que eu não preciso delas, não.

— Bem, então vamos, abra o outro arquivo. Arquivo do Word. Engraçado, pensei que tivesse desenhos gráficos. Não. Abrir. Nomes, só nomes. Uma lista de nomes. Nomes com número de CPF, carteira de identidade. Sexo. Nome do pai. Da mãe. Data de nascimento. O arquivo, são 100 megas só de nomes. O que o Joca está fazendo com esses nomes?

— E aí, Mário, o que você encontrou?

— Este arquivo não dá para decifrar. Contém símbolos de desenvolvimento de um software. Isto ele faz, ele sabe fazer. É isso sim, ele está desenvolvendo algum soft. Não sei ler este arquivo. Isso complica. Vou abrir este outro. CDNA. Johns Hopkins University em Word. Craig Venter. Word. Science. Word. CNIB (Centro Nacional para Informação Biotecnológica ligado à Biblioteca de Medicina do Instituto Nacional de Saúde). INPGH (Instituto Nacional de Pesquisa de Genoma Humano). CELERA (Centro de Genoma da Universidade de Washington). COMPAQ.

— Nossa! São muitas, dá uma rolada, nós temos pouco tempo.

— Olha esta aqui, escrita em português:

Press Release: CELERA GENOMICS E COMPAQ ANUNCIAM ALIANÇA. Estratégia Subsidiária da Perkin-Elmer seleciona a Compaq para o desenvolvimento de toda a infra-estrutura de informática do projeto Human Genomics Research, que será baseada na plataforma Alpha A Compaq. Compaq.

— Vamos nessa. Clica aí.

COMPAQ – Press Releases

CELERA GENOMICS E COMPAQ ANUNCIAM ALIANÇA ESTRATÉGICA

A Compaq Computer Corp. e a Celera Genomics — unidade da Perkin-Elmer Corp. — acabam de anunciar uma aliança estratégica entre as duas empresas. Pelo acordo, a Compaq será a fornecedora de hardware, software, rede de serviços da companhia e a escolha foi definida por sua experiência em desenvolvimento e implantação de sistemas específicos para as indústrias farmacêutica e biotecnológica, incluindo aplicações científicas complexas em larga escala.

Especificamente neste caso, as soluções da Compaq irão auxiliar as pesquisas estratégicas e os esforços de engenharia que a Celera vem desenvolvendo na área de genética humana. Pelo acordo, a Compaq irá desenvol-

ver e manter uma infra-estrutura de informática baseada na arquitetura Alpha.

O projeto a ser desenvolvido para a Celera vai incluir comércio eletrônico e distribuição on-line de informações, instalação de sistemas storage de última geração e desenvolvimento de soluções de rede que combinem servidores baseados em Digital-UNIX, Windows NT e workstations. O acordo engloba também serviços, tais como gerenciamento de banco de dados, integração de sistemas e redes de administração de operação dos sistemas.

— Vocês estão entendendo o que eu estou entendendo? Curioso, é tudo muito curioso. Joca está metido em alguma coisa relacionada à pesquisa dos genes humanos, às funções do sistema genético.
— É, isto faz sentido.
— Você, Mário, sabe alguma coisa a esse respeito?
— É... acho que sim, quer dizer... não que ele possa estar envolvido com esta corporação mas... ele vem falando do assunto... e a gente andou tendo umas conversas a respeito de código genético... ele até me mostrou uns livros.
— Que livros?
— Estão ali, naquele canto da estante.

Biologie de la conscience, cf. Edelman, G.; *La Civilisation du gène*, cf. Gros, François; *Les Cultes du corps: ethique et sciences*, cf. Andrieu, Bernard; "On the Epistemology of Risk: language, logic and social science", cf. *Social Science and Medicine*, revista *Science*; *L'Oeuf transparent*, cf. Testant, Jacques; *Do sexual ao virtual,* cf. Bruno, Fernanda; *Projeto Genoma Humano: um conhecimento perigoso*, cf. Wilkie, T.

— Engraçado ele se interessar por isso. Biologia da consciência, medicina, genoma. Desde quando o Joca tem interesse nisto? Detalhe para nós a conversa que vocês tiveram, Mário.

— Bem, eu... é, eu tenho notado que ultimamente Joca tem falado em certos assuntos ligados ao tema. Eu também comecei a me interessar. Joca é muito ligado, eu tenho atração pela sua cabeça. Não me privo de dizer, de admitir, que sua inteligência me seduz. Quando ele começou a falar dessas idéias, percebi que eu tinha de entender mais sobre o assunto. Acabei lendo um destes livros e, pelo que entendi, a questão é que a tecnologia desenvolvida nos últimos tempos tem gerado uma nova visão do presente, do futuro e de nós, indivíduos. As tecnologias biomédicas, com suas pesquisas, têm mostrado que nós podemos ver nossos genes, estudá-los e alterá-los. O nosso corpo não está mais aprisionado a uma seleção natural, a uma temporalidade, nós somos responsáveis pelo que podemos vir a ser. A partir do momento que podemos intervir nos genes, nossa identidade pode ser programada, calculada. É este o interesse do Joca. Vocês sabem, ele é completamente absorvido por tudo que englobe a tecnologia do computador. Para ele, esta máquina foi a maior invenção. Nosso cérebro, nosso sistema biológico, funciona como uma máquina com programas.

— As coisas estão começando a ficar claras. Vamos continuar a ler esta homepage.

Já J. Craig Venter, presidente da Celera Genomics, afirma que a "Compaq está se unindo a nós no desenvolvimento de sistemas e soluções que irão nos auxiliar em nosso principal objetivo: seqüenciar todos os genes humanos nos próximos três anos, criando um mapa completo com informações médicas e genéticas para o desenvolvimento de terapias e diagnósticos".

As operações da Celera são dedicadas à pesquisa dos genes humanos e ao estudo das estruturas e funções do sistema genético (genoma), que inclui aproximadamente 80 mil genes e uma base estimada de 3 bilhões de pares. Em termos de informática, o genoma é um texto de 6 bilhões de caracteres e, junto com suas anotações, requer um banco de dados multiterabyte.

Em razão da quantidade de dados e das respectivas documentações associadas a eles, a Celera requer um provedor de soluções que possa desenvolver um ambiente de alta performance que possa oferecer rápido processamento de informações, capacidade de armazenamento virtual ilimitada e ferramentas de rede hardware poderosas para manipular cada dado. Com a ajuda dos serviços Compaq, a Celera irá utilizar a internet e a tecnologia de comércio eletrônico para distribuir informações para o público em geral e a comunidade científica.

— É, as coisas estão ficando mais claras, doutor João, mas também mais delicadas. Conheço um pouco do assunto. Em São Francisco, na universidade, temos conversado sobre essa questão. Entramos numa nova era, em que o controle, o poder, não está mais centrado no Estado e suas instituições; estamos agora submetidos a outro tipo de poder, o biopoder, calcado no saber biomédico e na tecnologia que lhe dão suporte. A pesquisa sobre genética tem sido amplamente desenvolvida e vem gerando polêmicas quanto ao que suas interferências podem gerar. Mapear todo o conjunto de genes humanos gerou uma corrida científica e empresarial. A Celera quer patentear os genes descobertos, o que obrigará os cientistas a pagarem para ter acesso a essas informações. Isto gera a maior polêmica. Argumenta-se que a descoberta de genes não implica uma invenção, portanto não pode ser patenteada. No entanto, os tribunais norte-americanos têm aberto caminho para o patenteamento, o que envolve questões éticas das mais sérias. Tenho acompanhado pelos jornais, li artigos científicos, meu departamento chegou a fazer um seminário sobre o assunto, já que nosso trabalho está envolvido com a matemática, a informática. Agora temos de ter clareza de que o assunto é seriíssimo. Se Joca se envolveu com essa pesquisa, se ele tem tido contato com pessoas que estão formando banco de dados para o desenvolvimento desses estudos, sabe-se lá, aí pode ter de tudo: das pessoas mais sérias — médicos, biólogos — à mais terrível máfia.

— Calma lá, não vamos especular demais.

— Não, não, doutor João, não estou especulando. Se no disquete que ele esconde tem arquivos com estes nomes, Celera, Compaq, não tenha dúvida, o negócio é por aí. O assassinato da senhorita Kate, uma americana... o que podemos pensar a respeito disto?

— Ave-maria, a coisa está ficando muito feia, complicada demais. Estou tontinha, nem sei mais o que fazer, o que levar pros meus santos. Santo é muito claro, eu tenho de mostrar a eles o que eu quero deles. Vocês têm de me explicar melhor esta história.

— Confesso que fico meio perdido. Como advogado de defesa, eu terei de estar inteiramente a par desses assuntos e o que me complica é que o caso de Joca cada vez se amplia mais. O assunto é internacional, envolve firmas, governos cujas leis são diferentes das daqui. Eu nunca tive um caso assim.

— Olha, doutor João, eu acho que você vai ter muito trabalho. Por estar morando há anos nos Estados Unidos, eu sei que as coisas lá não funcionam como aqui e no momento, pode ter certeza, um assunto que tem preocupado muito a justiça americana é esta questão do patenteamento dos genes humanos. E, vendo estes livros na estante do Joca, estes disquetes, fico muito apreensivo. É possível que ele tenha sido atraído para desenvolver alguns softwares, já que é um craque, para contribuir nesta pesquisa.

— Esta é uma das questões... mas você acha que o assassinato da moça tem a ver com o assunto?

— E por que não, Mário?

— Teríamos de pesquisar, saber se ela fazia parte de alguma corporação. Só que, no momento, não teremos como ter acesso ao computador dela, ao apartamento dela. Bem, é verdade, depois da perícia, os americanos já estiveram lá e retiraram muita coisa. E o fato de a moça ter sido morta fora de seu país envolve o consulado, o governo americano, portanto eles devem ter enviado os melhores profissionais em investigação para darem cabo do caso rapidamente.

— É possível que eles utilizem os serviços de John Jessen, vocês conhecem?

— Não, eu não sei quem é.

— Bem, este sujeito é presidente da Electronic Evidence Discovery, uma firma de Seattle com escritórios nas principais capitais americanas. Com uma equipe de analistas de sistemas, policiais aposentados especialistas em comportamento humano, conseguem recuperar e-mails, escarafunchar discos rígidos em busca de mensagens comprometedoras. É procedimento comum nas cortes americanas exigir investigação da correspondência eletrônica de um réu. O computador da senhorita Kate já deve estar a caminho dessa apuração. Portanto, se Joca teve contato com ela através dos e-mails... por falar nisso, e os e-mails do Joca que foram encontrados? Você ficou de me trazer.

— Eu estava deixando isso para o final, Luiz, queria que antes vocês me dessem dados sobre a personalidade de Joca. Eu os li. Agora que tive conhecimento destes arquivos — nomes como Celera, estou compreendendo os e-mails do Joca. São comprometedores. Tenho aqui uma cópia. E diz: *Você tem de me dar mais dados sobre as células germinais, se você quer avançar, o caminho é por aí.* Outro: *Não é fácil cruzar 100 mil genes. Estou tendo a maior dor de cabeça para montar este negócio. Eu sei que o que você está querendo é uma coisa mais específica. Tenha calma. Eu chego lá.*

— Caramba! A coisa está se fechando. A moça estava ligada a alguma corporação que desenvolve esse assunto. Mas... o que será que eles estão pesquisando? E por que ela foi assassinada?

— Deve haver a maior máfia atrás dessa história. Milhões, milhões de dólares, mas olha, o meu amigo Joca nunca me falou claramente do assunto, mas agora, juntando as coisas, vejo que certas conversas que vínhamos tendo e... teve uma vez que estávamos no japonês, e veio aquela moça... a gente estava sentado no sushibar, comendo um combinado, ela veio, e tinha um sotaque carregado. Eles começaram a falar em inglês, mas eu nem me liguei no que eles falavam.
— Como era ela?
— Sei lá, não olhei muito para ela.
— Mas você não faz nem idéia da sua altura, sua idade?
— O que eu lembro é que ela estava de preto, um cabelo meio ruivo.
— E você não faz idéia do que eles estavam conversando?
— Não prestei atenção.
— Mas e o Joca, não te falou nada dela?
— Não. Ela ficou ali de pé, durante poucos minutos, e depois sumiu. Eu não perguntei nada a ele, pouco me importava quem era aquela moça.
— E vocês não foram mais a esse lugar?
— Estivemos, sim, algumas vezes. Adoro comida japonesa, Joca também, e eles têm um exímio sushiman.
— E a mulher? Esteve com ela novamente?
— Não, não, acho que não.
— Devia ser ela. Ruiva? Mas Kate não era ruiva... o laudo da autópsia não fala que ela era morena?
— Sabe-se lá, hoje em dia as mulheres mudam a cor do cabelo como trocam de roupa. Mário, você está nos

dizendo coisas preciosas. Esta mulher que vocês encontraram no japonês só pode ser a Kate. E isso é sério. Você sabe se ela estava acompanhada? Alguém com certeza a viu falando com Joca.

— Acompanhada? Esta mulher devia estar sendo vigiada. Quando foi que houve este encontro entre eles no sushibar?

— Deve ter... mais ou menos dois meses, um mês.

— Dois meses ou um mês? Isto faz diferença.

— Ah, sei lá, ô cara, não sei precisar, o tempo pouco importa.

— Pouco importa? Você ainda não entendeu? Temos de saber, saber do envolvimento de Joca com esta moça, há quanto tempo se conheciam. E você vem com este seu jeito desleixado, conta as coisas como se não tivessem importância, como se não quisesse ajudar!

— Ô cara, ajudar... essa história toda não vai nos levar a nada. Joca não vai ser condenado, quer apostar? Ele vai se livrar logo de tudo isso.

— Entenda, Mário, ele é suspeito de um assassinato, e se descobrirem que o envolvimento de Kate não era com narcotráfico e sim com a pesquisa genética e o patenteamento de genes, o governo americano, FBI etc. vão se empenhar ainda mais em descobrir tudo. Joca terminará por ficar detido ainda algum tempo ou em liberdade vigiada, ou será expedido o mandado de prisão.

— Minha gente, a hora está passando e vocês não me dizem o que eu devo levar para os meus santos. Eu tenho de ir logo para lá, falar com eles, pedir ajuda. Eles logo vão me dar a resposta, logo vão dizer que o Joca não vai ser condenado a nada, que ele não é homem de cometer um crime desses, de pendurar uma moça desse jeito, cortar as suas mãos. Ai, meu Deus, que coisa horrorosa, cortaram as mãos da moça, pra quê, doutor João?

— Ninguém sabe, Eterna, ninguém entende o que queriam com essas mãos. As mãos simbolizam justiça, instrumento de ação. Quiseram conter a ação dessa mulher, contê-la, deixá-la sem acesso ao computador. Em alguns crimes, a mutilação de um órgão é feita para levar a prova ao mandante do crime. Mas eu não acredito que, no caso, tenha acontecido isso, a mão aí tem uma determinada importância.

— Qual?

— Ainda não temos como saber, mas há um detalhe: esta mutilação pode enquadrar o assassino na categoria de "crime de ódio", modalidade que tem sido muito usada pela justiça americana. Os *serial killers* têm como característica a mania de mutilar o corpo da vítima e guardar, colecionar.

— Cruzes, doutor João, tem gente muito má neste mundo!

— Mas não vamos nos preocupar com isso agora. A princípio, devemos nos empenhar em descobrir com que esta moça estava envolvida e qual a ligação de Joca com isso. Só a partir daí poderemos chegar à causa do assassinato.

— Sim, doutor João, mas agora, aqui, como poderemos ter acesso às informações referentes à senhorita Kate? E se mandarmos um e-mail para a Celera perguntando sobre a pesquisadora Kate Burgison?

— Daqui?

— Por que não?

— Não acho bom. Como eu falei, é provável que o governo americano esteja sendo coberto pelos serviços da Electronic Evidence Discovery e aí fica perigoso acessarmos qualquer coisa a partir deste telefone.

— Nossa, seu Luiz, o senhor sabe tanta coisa, parece um detetive, sabe?

— No fundo, Eterna, todos nós temos um pouco de detetive; basta nos vermos envolvidos com a acusação de uma pessoa próxima, nossa cabeça passa a funcionar à busca de pistas, dados que possam desvendar o caso.

— É, o senhor tem razão, vejo isto pelos meus santos. Nenhum santo é detetive, mas eles sabem chegar lá, eles fuxicam aqui, vão lá, voltam, perguntam da moça, vão perguntar do Joca, do pai do Joca, podem perguntar de tudo e aí vem, vem resposta certa, lá de cima. Eles é que são detetives de verdade.

— Vamos abrir o arquivo Celera. Clica aí.

— Só símbolos esquisitos, ninguém entende nada. É o software em que provavelmente Joca está trabalhando.

— E o outro arquivo, abra.

DNA é o mensageiro da herança genética. As substâncias químicas que formam os laços que se enroscam no interior da hélice que constitui o DNA — adenina, guanina, citosina e timina (A, G, C e T) — são o alfabeto genético e é a seqüência destas letras que importa na determinação da herança genética. Conhecer essa combinação nos permite alterá-la. A partir desta técnica podemos intervir na memória genética. A teoria da seleção natural, que impõe que a espécie humana resulta de uma lei, cai por água abaixo, o passado deixa de ser a condição imutável do que somos e passa a ser um conjunto de dados que permitem a transformação de nossa identidade. As pesquisas da engenharia genética nos mostram um corpo que deriva de nossas ações e não de um passado.

Todo indivíduo comporta caracteres constitutivos de uma singularidade genética, mas ao mesmo tempo esta identidade individual é constituída de dados novos, originais e particulares. Cada nascimento é a representação de um passado, de uma memória e também a reinscrição num devir. A mutação genética não anula totalmente a memória, mas a modifica. Portanto, a determinação genética é um fardo para o indivíduo? Estamos subjugados a ela ou extraímos dela a nossa autonomia? Só os seres vivos se reproduzem transmitindo novas informações, criando cópias que nunca são exatas. Os seres vivos ainda não têm controle sobre a própria sobrevivência. Se ele não se reproduzir, sua espécie desaparece. As borboletas sabem que, para sobreviver numa floresta escura, precisam que suas asas sejam escuras. A sobrevivência da espécie depende da adaptação ao meio ambiente. Os seres vivos inteligentes podem causar modificações ambientais que produzirão novas mutações. A engenharia genética abre portas para redirecionar as mutações necessárias à perpetuação da espécie. Somos responsáveis pela nossa própria sobrevivência. Somos uma máquina ultra-sensível sujeita a atrações e repulsões. Lambemos, afagamos, mostramos os dentes, mordemos, batemos. Vivemos a tragédia de nossa existência. O ser vivo está, por constituição, destinado à solidão. A separação dos pais, a incerteza são condição e *estímulo para a nossa sobrevivência. Os seres humanos cometem a burrice de ficar vinculados aos pais até a vida adulta. Os animais, aves, os bichos se separam muito mais rapidamente, vivendo uma vida autônoma, totalmente livre. Através das nossas ações podemos produzir um corpo capaz de viver as alterações necessárias à sua sobrevivência.*

— Quem terá escrito este texto? Por que Joca tem este texto?

— Será que ele escreveu este texto?

— Tem coisa aí, o texto tenta informar que os padrões genéticos não determinam o indivíduo, que somos fadados à solidão. Coisa do Joca. Só os seres humanos cometem a burrice de ficar ligados aos pais até a fase adulta. Parece que estou vendo ele pensar isto, falar isto para Riza. Este texto é do Joca, é sim, eu sei.

— Nossa, seu Luiz, mas é tão complicado. O meu lindinho andou falando sobre essas coisas de genética, mas o que você leu é muito complicado.

— O assunto é complicado, Eterna, e Joca é um sujeito complicado. Um cara que não quis saber da mãe, atacando-a, tendo a coragem de abandoná-la para sempre. E agora eu encontro estes arquivos com as fotos, foto dela, foto minha, fotos de que eu já não me lembrava. Ele quis eliminar, quis negar a sua história. Mas ali ele tem, ele tem no computador, ele tem tudo. Em algum lugar ele quis guardar, em algum lugar ele quis ter a nossa cara. Escondeu, escondeu tudo no meio das cuecas. Só mesmo o Joca, não é por nada não. E o que ele quer dizer com esse estudo? O que ele pretende fazer com essa pesquisa de DNA, de alteração no código genético? Provar que os genes não nos determinam? Ele é filho de Riza, não adianta tentar negar, ele é filho de Riza.

— Mas e o pai, cara? Quem vai dizer quem é o pai do Joca? *That's the question.*

— Quanto a isso, Mário, vocês não vão acreditar, mas muita coisa está sendo novidade para mim.

— Mas não se preocupe não, seu Luiz, o Joca não liga pra isso não, se o pai dele é o enforcado, se não é, ele nunca ligou pra isso. E depois, isso é o que eu acho, ele pouco viveu com esse pai, é impossível ele se ligar num pai que ele quase nem teve.

— Veja bem, para minha investigação, isso contribuiria para tirar o peso que uma morte por enforcamento representa na vida de Joca. Evidentemente, se tivéssemos como provar que esse pai enforcado não é o pai... mas não vamos nos ater a essa questão agora, teríamos de exumar o corpo do pai do Joca para fazermos a pesquisa de DNA. Mas acredito que esse tio Sérgio não vai permitir. Depois de tanto tempo, quando a herança que ele queria preservar já foi dada ao Joca, ele não vai permitir. Pelo contrário, pelo seu depoimento, ele irá usar de todos os argumentos para acusar o Joca. E essa morte por enforcamento, infelizmente, o condena. Ele vai impedir que façamos a pesquisa. Portanto, temos, sim, de nos preocupar em descobrir os caminhos do Joca para eu poder trabalhar com a hipótese de seu envolvimento com alguma trama a que a senhorita Kate estivesse ligada. Ouçam este outro e-mail: *Não venha me impor prazos, eu não sei funcionar sob pressão. Qual é a desses caras? Se eles querem uma coisa bem-feita, têm de esperar. Eu já disse, estou avançando, as coisas vão dar certo, eu te garanto.*

— Tem mais gente envolvida! É uma corporação.
— Ih, meu celular! "Riza! Estamos indo, correndo. Descobrimos que Joca guardava uns disquetes escondidos e estamos tentando abri-los. Acreditamos que eles tenham informações valiosas. O quê? Um fax? Sei, a Roberta. Caramba! E você ainda não tinha lido isto? Inacreditável, Riza. Eles são rápidos, são muito rápidos. Ah, é claro, colheram os dados, e com a internet... Eu te entendo, meu bem, é terrível. Não sei, acho arriscado, é melhor você lê-lo integralmente para mim pelo celular. É, vou consultar o doutor João. Eles já sabem de tudo. Fique calma. Não, não, não é assim. Já te ligo de volta, beijos. Era só o que faltava."
— O que houve?
— Riza recebeu um fax de uma amiga nossa brasileira que mora em São Francisco. Ela enviou uma reportagem que leu hoje no *New York Times*. A reportagem falava no assassinato de Kate e que o principal suspeito era um brasileiro... tinha a foto do Joca. Riza está arrasada. Ver a foto do filho num jornal, num jornal de outro país, como um assassino! A coisa chegou a um ponto... é terrível. Ela pensou em enviar-nos por fax a reportagem, mas achei arriscado. De repente, me dei conta de que nós entramos na internet, hoje, num dia em que o Joca está detido. Há como eles descobrirem que a internet foi acessada hoje a partir daqui. Vão saber que al-

guém esteve aqui e, a rigor, ninguém poderia entrar neste apartamento.

— Calma, Luiz, o apartamento ainda não foi interditado. Joca não forneceu este endereço, ele não usa o endereço residencial para nada, só o comercial, e foi ali que ele foi pego. Enquanto não for decretado judicialmente o mandado de busca, eles não podem exigir que não se possa entrar no apartamento. Eterna, por exemplo: ela entrou normalmente, sem saber da situação, como faz todos os dias.

— Você está se referindo à justiça brasileira, mas o meu medo não é este, doutor João. A essa altura, o FBI já sabe de tudo, já sabe deste endereço, e com certeza já tem gente por aí sabendo que nós estamos aqui.

— Cruzes!

— É, Eterna, deve ter gente lá embaixo, no elevador, neste andar. Esse pessoal não brinca em serviço, temos de desconfiar de todos. Se você abrir a porta agora, é provável que tenha alguém trocando a lâmpada do corredor de acesso ao elevador. Esse pessoal é FBI ou coisa parecida.

— Cruzes, seu Luiz, como o senhor sabe?

— O que se vê naqueles filmes policiais americanos, Eterna, não é ficção, eles fazem aquilo tudo numa investigação.

— Luiz tem razão, Eterna, foram esses americanos que denunciaram o Joca. Ao serem comunicados do assassinato de Kate Burgison, imediatamente acionaram toda uma equipe, que veio ao Brasil e em 72 horas já tinha conseguido colher dados, localizar as pessoas para dar depoimentos sobre o Joca. Para detê-lo não foi tão rápido assim, não foi tão rápido porque dependeu da justiça brasileira. A rigor, só a nossa justiça poderia decretar a prisão do Joca e é graças a essa justiça lenta que nós estamos aqui. Mas com essa notícia dada por Riza... as coisas pioram ainda mais. Eles estão em cima, devem estar vigiando o prédio, já sabem que nós estamos aqui. O fato de nós termos ido à internet, Celera... eles vão rastrear tudo que está nesse computador.

— E por que nós não detonamos este computador?

— Detonar?

— Por que não, ô cara, se isso aí vai comprometer o Joca, a gente detona, apaga tudo.

— Você sabe fazer isso?

— Não, mas tenho como saber. Me empresta teu celular e eu aciono meus consultores.

— Espera aí, Mário, antes disso vamos tentar saber mais informações.

— Gente, eu estou ficando com medo, essa gente aí fora nos vigiando, daqui a pouco eles metem o pé nesta porta, entram aqui e prendem a gente.

— Não vão fazer isto não, Eterna. No caso de Joca, sem antecedentes criminais, eles não podem agir assim. Têm de esperar uma ordem judicial. E, quanto ao fax, acha importante termos a reportagem em mãos, doutor João?

— Ainda não vejo necessidade e, como você disse, é melhor evitarmos receber qualquer coisa por aqui.

— Riza está arrasada. Riza sempre teve medo que um dia viesse a deparar com uma situação como essa, ver o filho envolvido com alguma coisa do gênero. Não pensou que chegasse a tanto, que fosse vê-lo sendo investigado pelos órgãos mais sofisticados dos Estados Unidos. Nisso ela nunca pensou. E eu sei o que significa para ela. Ver a foto de Joca no *New York Times* é uma facada. Eu sei, há nela um sentimento de culpa, passou por análises, psicanálises, terapias dos mais diversos tipos, mas isso ficou lá. Ela se sente culpada, não diz mas eu sei, ela se sente culpada pela morte do pai do Joca. O depoimento do tio do Joca, esse tio que eu não conheço, confirma isso. O homem se matou por desconfiar da paternidade do menino. Riza nunca me falou sobre essa possibilidade... saber que esse pai não é o pai do Joca... eu sei que era um homem difícil, com tendências a depressões, tinha tido o tal episódio do acidente de carro, quando morreram os pais dele e tal e coisa. Mas... Riza nunca me falou sobre a questão da paternidade do Joca. O assunto nunca esteve entre nós. E eu agora estou entendendo a sua culpa.

— Mas o Joca nunca pensou que esse pai fosse pai dele, seu Luiz, tá na cara. Ele nunca me falou de pai nenhum. Eu só fico pensando quando o lagarto morreu. Aí sim, eu ligo as coisas: quando o meu lindinho viu o bicho pendurado e chorou feito criança, chorou muito, aí sim, eu não preciso saber muito para saber que ele se lembrou da visão que ele teve do pai enforcado no lustre do seu quarto. Aí, sim, ele se lembrou desse pai. Mas depois passou e ele nem nunca me falou dessa história. Esse pai não foi pai dele, tá na cara.

— É... bem... e o que nós faremos agora?

— Esse pai, essa mãe... ô cara, o Joca não tem motivo nenhum para manter relações com essa mãe. Ela fez muita sacanagem. Eu imagino a cena, ele criança, imagino, eu que tenho a idade dele. Imaginem, eu nos meus seis anos, chegando no meu quarto e vendo o corpo de meu pai pendurado. Eu não ia entender por que meu pai teria feito isto, alguém ia ter de explicar, alguém ia ter de me dizer por que ele quis a morte. Mas ninguém iria dizer a uma criança por que o pai quis a morte. Toda criança de seis anos já sabe da existência da morte e sente medo, muito medo. Sabe que a morte implica o sumiço, o desaparecimento de uma pessoa. Eu não saberia compreender por que o meu pai teria feito isto, por que quis aniquilar com sua vida. E me deixar. Cresceria um ódio dentro de mim, cresceria um ódio imenso por saber que o meu pai não quis mais nada comigo, abriu mão. E por que escolher o meu quarto? E por que se matar dessa maneira? Brutal. Modalidade de morte das mais infames. Tinha de estar com muito ódio dentro dele, ódio de todo mundo. E, por ter escolhido o meu quarto, eu sentiria como se ele estivesse pedindo a minha cumplicidade, como se estivesse querendo que eu reagisse, que eu fosse procurar o motivo dessa morte. Eu cresceria pensando nisso, olhando para minha mãe, sabendo que ela tinha sido a culpada. Como vocês querem que o Joca goste dessa mãe? Hein? É claro que ele percebeu tudo, que ele ouviu o tio acusando a mãe, brigando para que ela deixasse o Joca fazer o exame de DNA. Eu tenho certeza de que Joca sentiu assim, pensou assim. E logo depois veio você, Luiz. Como você imaginaria que Joca fosse te receber? Em nenhum momento passou pela sua cabeça que Joca pensou que Riza matou o pai dele para ficar com você? Como continuar sendo o filho dessa mãe? E, no caso de Joca, tendo essa dúvida, dúvida mais básica, estrutural? Cada vez mais eu admiro o Joca, cada vez mais percebo que ele fez da inteligência a melhor arma para se livrar desses fatos. Essa tal de Riza não tem nada de aparecer, o Joca deve ter muito ódio dela e ela agora está assim, preocupada. Preocupada nada, é culpa, e a culpa corrói. Liga pra ela, Luiz, liga para ela agora e diz que não adianta, agora não adianta mais nada, ela nunca vai se livrar. Ela quis assim, foi ela quem gerou tudo isso. Como podem ter feito isso com o Joca? Ele não tinha mesmo de suportar. Sumiu. Qualquer um sumiria, qualquer um desejaria dissolver todos os seus genes para eliminar tudo, tudo que pudesse estar ligado a essa história.

— Não fale assim de nenhuma mãe, Mário, por favor, a gente que é mãe não pode ouvir isto. Nenhuma mãe deseja o mal para o filho. Eu tenho pena dela, sabe? Coitada, essas coisas aconteceram sem ela querer. Se ela teve o Joca com esse pai, que na verdade não era o pai... coitada, ela deve ter vivido a maior aflição. Imagine você que o filho que você carrega na barriga não é do pai que pensa ser o pai? E como dizer isto se você é casada com esse pai. Ela deve ter vivido a maior aflição. Mas deve ter sido por paixão e por paixão a gente perdoa, Mário. A paixão é um sentimento elevado e quando é por paixão os santos perdoam. Até quem mata. Se for até meu santo e explicar que matou por paixão, ele entende, ele perdoa. Coitada da Riza, você não deve falar dela assim, não. Meu lindinho que me desculpe, mas eu não penso assim da mãe dele e não gosto de pensar que existe esse ódio dentro dele. Acho que não tem não, eu conheço o Joca. Não tive instrução, mas existem coisas que a gente aprende na vida e eu aprendi com os meus olhos a ver os outros. E o Joca não é homem de ter ódio.

— Você pensa assim, Eterna, porque você nunca soube dessa história da vida do Joca. Eu não pensaria isso do Joca, mas hoje, sabendo o que ele passou, parece que eu vejo: eu criança, um homem enforcado no meu quarto, aí sim, eu passo a pensar que dentro do Joca tem... talvez não seja ódio, mas desprezo. Desprezo. Desprezo pela dor, pelo sofrimento, pela morte. Chego a pensar... e se foi o Joca quem matou essa moça?

— O que você está dizendo, Mário?

— Não devemos também pensar nessa hipótese, hein, você não acha, doutor João? Nós ainda não sabemos qual era a relação de Joca com esta tal de Kate mas, se eles estavam fazendo um trabalho juntos, se Joca estava desenvolvendo algum software para ela e se ela quis dar um golpe no Joca, usá-lo, sacaneá-lo, aí, meus amigos, o Joca mata. Se esta tal Kate usou o Joca, usou sua capacidade e o sacaneou... Ah, ele não perdoa!

— Cruzes, Mário, o demônio tomou conta do teu espírito, como você pode pensar que o Joca matou essa moça? E as mãos, o que ele fez com as mãos da moça?

— O que será de uma pessoa que vive da internet para se comunicar se não tiver as mãos? Joca cortou as mãos de Kate quando ela ainda estava viva. Joca deve ter cortado as mãos dela, se ela o sacaneou, se ela se apoderou de alguma informação preciosa e tentou passar por algum e-mail, se ela tentou enganá-lo. Ele deve ter ficado com muito ódio. Pode ter sido com um canivete que ele eliminou as mãos, tirou dela a ferramenta necessária para quem vive do computador. Sem as mãos ela estaria impotente. Sumir com as mãos, impedir que a perícia tivesse acesso... Ah, Joca! Joca, Joca é genial.

— Santo Deus, Exu tomou conta, ele está tomado de Exu, vocês não podem acreditar em nada do que ele está dizendo. Joca não pode ter feito nada disso. Eu não posso acreditar que ele mataria alguém. Ele não teria coragem de cortar as mãos dessa moça, você está maluco, Mário, isto é Exu.

— Calma, calma, calma, nós chegaremos ao veredicto. Eu sou advogado de defesa de Joca, Eterna, a mim caberá afirmar se Joca é ou não o autor do crime. Ele terá de dizer. Se por um desvio de consciência ele cometeu este ato, a mim ele terá de confessar.

— Você está por fora, cara, quem garante que o meu amigo Joca vai confessar? Confessar... a confissão é meramente uma necessidade moral, religiosa, e quanto a isso, cara, Joca não tem essa necessidade, ele não se liga nesse negócio. Ninguém conseguirá condenar o Joca por nada. Não há justiça no mundo que consiga provar que Joca cometeu um ato ilícito. Uma pessoa como o Joca age sempre com intenções bem determinadas, sejam elas boas ou más. Convicção ele sempre tem e prova, prova que aquela atitude dele tem razão de ser. A justiça americana vai deparar com um caso excepcional. As normas penais terão de ser reavaliadas para analisar o caso do Joca. Aposto que nenhum juiz, nem apoiado pela parafernália americana de psicólogos, médicos, detetives etc. conseguirá bater o martelo. Joca vai escapar, ele terá argumentos para todas as acusações. Joca resistirá, Joca não teme, ele não teme nada, mesmo diante de um tribunal.

— Tudo o que você diz, Mário, pode ser relevante, mas só saberemos depois. No momento, temos de colher dados. São estes dados que irão dar garantias ou não à liberdade de Joca.

— Acho que podemos ir.

— E quanto ao material aqui do apartamento que temos de levar? Os filmes, a foto em cima da privada, os canivetes...

— Foto em cima da privada? Que foto é esta?

— É, doutor João, o Luiz está grilado com esta foto. É uma foto do Mapplethorpe tomando no cu. É isso que ele tem a dizer a todos esses caras.

— Bem, talvez seja mesmo conveniente levarmos esta foto daqui. Vamos nos dividir, cada um leva alguma coisa. Vamos saindo aos poucos. Ninguém irá nos revistar.

— E os meus santos, o que eu levo para os meus santos?

— Por enquanto não leve nada, apenas fale, pergunte o que você sabe que tem de perguntar. Eu saio primeiro, depois Eterna, Mário e você pode ser o último, Luiz.

PARTE III

E como eu vou sair deste apartamento? Explica, Eterna, peça para os santos explicarem por que eu vim parar aqui. Santo dia. Riza não veio, por que não a mãe? E me deixaram aqui por último. Tanta coisa para eu pensar. Eu tendo de me conter para não dizer para o doutor João, Mário, Eterna o que eu senti quando ouvi o depoimento do tio. Isso muda tudo. Tudo. Eu tenho de sair daqui. O tempo corre. Tanto tempo eu não vejo o Joca. A sua cara. Pouco importa a sua cara. O que dirá a sua cara diante de tudo que eu sei? Devo ligar para Riza? Devo dizer a ela que eu sei o que eu nunca quis saber? Ela não vai me dizer, ela não vai me dizer nada, não vai saber o que dizer. E eu? Dizer o que do Joca? Dizer que ele mora neste apartamento, que ele tem aquela foto pendurada sobre a privada? E por que ele quis ter esta foto e por que tanta foto pendurada na parede desta sala, como se sua cabeça fosse assim, um cérebro lotado: informações imagens palavras letras pequenas grandes letras barbas homens feias lindas mulheres avião motocicletas bunda olhos bocas letras pequenas grandes sax New York Hong Kong foto feia de Hong Kong o papa Ayrton Senna gente de todo tipo. E se eu contar que nas paredes ela não está. E se eu contar do arquivo que ali está ela, o pai que não é pai, ali tem eu, foto de que eu nem me lembrava. Riza não sabe que ele tem estas fotos. Ela não lembra que teve estas fotos. Não sei se ela guardou cópias disso. Ele passou tudo, está tudo no arquivo do computador. Eu gostaria de entender a cabeça do Joca. Guardar neste arquivo pessoas que ele eliminou. Guardou. Fotos da mãe, de mim, daquele pai. Ele não quer saber, há muito tempo ele não quis mais saber de nada. De ninguém. Mas ali ele tem. Até que ponto a memória. A memória do computador. Como pode reservar à memória de uma máquina? Ele apagou, quis apagar tudo, mas ali não, ali ele tem, ali ele liga o computador e vê a cara dele criança, a cara daquele pai que não se parece com ele, a minha cara, o meu cabelo, o meu nariz! Ele guarda, ali ele tem a minha cara. Joca, Joca, Joca. Esse menino! O que ele está fazendo com uma pesquisa ligada a genes? É como se soubesse que toda essa história iria se dar um dia, que viriam atrás dele, que iriam saber que o pai se enforcou, que o lagarto foi enforcado e que se alguém no mundo vier a ser enforcado, seria culpa do Joca. Os americanos vão querer criar teorias, vão se basear em todos os estudos já feitos sobre comportamentos humanos, vão mexer em tudo para dizer que Joca teve esse pai que quis se enforcar, que nele há esse dado, que pelo determinismo biológico ele é o assassino. Joca, Joca, Joca, que loucura! Como eu conheço o Joca! Eu sei bem como ele é. Eu sempre soube. A verdade é que eu sempre soube, coisas que a gente sabe mas pensa que não. Joca, Joca, meu menino! Um simples exame de DNA para dizer o que eu nunca quis saber. Joca vai ter de fazer o exame. Esse exame tem de ser feito para livrá-lo. E eu vou ter de olhar de frente. Olhar a cara do Joca e contar. Contar do dia que eu e Riza, ela de casamento marcado, véspera da minha viagem para São Francisco, nós dois juntos. Ele tem de saber do jeito que eu a beijei, do jeito que eu entrei dentro dela e fiquei. Fiquei muito tempo, Riza lembra disso. Eu tenho que contar tudo ao Joca. De quanto eu fui covarde de não conseguir dizer a Riza que eu já sabia que era ela. Que ela não tinha nada que casar com aquele cara. Eu fui covarde de ir para São Francisco e deixar ela se casar. Um cientista, um cientista covarde. Covarde, eu tenho de dizer isto ao Joca. Contar que quando eu voltei de São Francisco e encontrei Riza naquela festa e ela me disse que estava viúva, eu não tive dúvidas. Eu voltei, eu quis ficar com ela. Joca, Joca, meu menino. Santo dia em que eu vim aqui, santo dia em que eu tive de entrar neste apartamento! E eu estou aqui. Ainda não vi o Joca, não o vi de cabeça raspada, não o vi usando o couro amarrado no pulso, não sei como está a sua cara. Como se eu precisasse, como se eu não soubesse quem ele é. Mário tem razão quando diz, se a senhorita Kate tentou driblar o Joca, o seu trabalho, ele pode ter feito, pode sim, eu sei que ele pode ter feito, eu sei. Ele é um cara inteligente, ele deve ter encontrado o que eles procuravam, ele deve ter inventado um software capaz de dar conta de todos os dados, cruzar os genes, analisar os genes, ele querendo entender dessas coisas querendo entender o que tem no código genético, o que faz o código genético, querendo dizer que nada determina, daqui para frente nada determina nada, seremos o quê? Eles vão ficar atrapalhados, como este menino conseguiu inventar este software? Eu conheço bem os americanos, eles são diabólicos, eles vão querer se livrar do Joca, eles não vão querer que ele se meta nessa história de mapeamento de genes, isto é deles, eles é que vão ditar as novas normas, eles, só eles, só os americanos. Eles são capazes de tudo, de acusar o Joca, de eliminar o Joca ou, quem sabe, o contrário, quem sabe eles descobrindo quem é o Joca queiram o Joca para servir a eles? Eles são capazes de tudo, eles podem acusar o Joca, ou podem fazer dele inocente. Esses americanos vão ficar atrapalhados com esta história. Joca, Joca, meu menino, quando o doutor João ligou me contando, Riza não quis vir, disse que não viria, ele é doido, sempre foi doido, ela disse, mas eu não quis pensar, nem pensei, senti aqui dentro que eu tinha de vir, eu precisava vir, coisas que eu sinto e que dizem que homem não sente. Mas eu senti que eu tinha de vir ajudar o Joca, vir aqui. Eu tive de entrar neste apartamento, estranhar de ver todas essas fotos. Eu tive de vir aqui, a este apartamento, para conhecer o Joca, o Joca que eu não vejo, há quanto tempo eu não vejo a sua cara! Eu tive de vir aqui, conhecer o Mário, a Eterna, olhar as estantes, os vídeos, brigar com Mário, dizer que os filmes não poderiam ficar. Eu precisei entrar aqui para saber do lagarto, da pulseira do couro do lagarto, saber que dentro deste apartamento não tem nenhuma foto de Riza, nenhuma foto nossa. Mas a caixa de canivetes ele tem, guardou, o meu presente ele guardou, caixa de madeira e tudo. Eu tive de vir até aqui para saber que ele está pesquisando o código genético. Mas ele não saberia, isso ele não poderia prever. E agora esta questão, agora um exame de DNA, provar que o pai enforcado não é o pai. Isso ele não poderia prever. Um simples exame do DNA. São tantas coisas para eu pensar, tudo neste dia, santo dia em que eu vim aqui. E eu tive de vir. Rápido eu percebi que tinha de sair de São Francisco e vir aqui. E eu tive que vir aqui para saber o que eu nunca quis saber. Eu tive que vir aqui neste apartamento.

FIM

Este livro foi composto na tipologia Trump Mediaeval, no corpo 10/15,
e impresso em papel Pólen Bold 90g/m²
no Sistema Cameron da Divisão Gráfica da Distribuidora Record.